POR QUE LER MÁRIO DE ANDRADE

POR QUE LER MÁRIO DE ANDRADE

MARIA AUGUSTA FONSECA

GLOBO LIVROS

Este livro foi fixado conforme as regras do novo Acordo Ortográfico da Língua Portuguesa (Decreto Legislativo nº 54, de 1995).

EDITOR RESPONSÁVEL
Ana Lima Cecílio
EDITORA ASSISTENTE
Juliana de Araujo Rodrigues
PREPARAÇÃO
Cláudia Cantarin
REVISÃO
Ana Maria Barbosa
Carmen T. S. Costa
CAPA, PROJETO GRÁFICO E PAGINAÇÃO
warrakloureiro
FOTO DE MÁRIO DE ANDRADE [P. 10]
© Benedito Junqueira Duarte; Mário de Andrade, 1930, Acervo Iconográfico/ Casa da Imagem de São Paulo

Dados Internacionais de Catalogação na Publicação [CIP]
Câmara Brasileira do Livro, SP, Brasil

Fonseca, Maria Augusta
Por que ler Mário de Andrade / Maria Augusta Fonseca. — São Paulo : Globo, 2013.

Bibliografia
ISBN 978-85-250-5167-7

1. Andrade, Mário de, 1893-1945 — Crítica e interpretação I. Título.

12-05050 CDD-869.9309

Índice para catálogo sistemático:
1. Ficção: Literatura brasileira: História e crítica 869.9309

DIREITOS DE EDIÇÃO EM LÍNGUA PORTUGUESA
ADQUIRIDOS POR EDITORA GLOBO S.A.
AVENIDA JAGUARÉ, 1485
05346-902 — SÃO PAULO — SP
WWW.GLOBOLIVROS.COM.BR

Para minhas netinhas
Maria Luísa e Manuela

A minhas irmãs
Elizabeth Virgínia e Vera Regina

Ao amigo
Raul Antelo

[...]
É preciso tirar da boca urgente
o canto rápido, ziguezagueante, rouco,
feito da impureza do minuto
e de vozes em febre, que golpeiam
esta viola desatinada
no chão, no chão.

"Mário de Andrade desce aos infernos",
CARLOS DRUMMOND DE ANDRADE

UM RETRATO DO ARTISTA

A tarefa de perfilar Mário de Andrade e de abordar seu vasto legado é tão desafiadora quanto arriscada. São muitos os Mários que habitam esse Mário de Andrade difícil de apreender: enigmático, questionador, sensível, reservado, brincalhão, sério, penetrante, exigente. Os que privaram de sua intimidade o conheceram como um homem melancólico mas também expansivo, versátil, divertido, extrovertido. Para os amigos, foi um privilégio conviver com esse homem de caráter íntegro, generoso e admirável, dotado de uma vasta e profunda cultura. Muitos de seus alunos atestaram esses traços. No mestre conjugavam-se seriedade profissional, manifestações de espírito lúdico e respeito humano. Na presença de desconhecidos, porém, seguindo depoimento de pessoas próximas e de familiares, Mário era bastante reservado. Nele conviviam Apolo e Dioniso. Inteligente e meditativo, amargurado e solitário; ora contido pela discrição e angustiado, ora arrebatado e exuberante. Esses atributos passam a ser necessários para compor sua figura, ainda que as linhas do desenho sejam imprecisas.

O modo de ser múltiplo, complexo, contraditório, que Mário de Andrade externava no trato pessoal, reverbera na sua produção artística, na correspondência, em artigos de jornal, nas entrevistas, em crônicas, conferências. Desse amálgama de elementos tão diversos extraem-se traduções que fez de si mesmo. Duas delas, encravadas em poemas, são emblemáticas: "Sou um tupi tangendo um alaúde" — que é o último verso de "O trovador" (*Pauliceia desvairada*). A outra, bastante conhecida — "Eu sou trezentos, sou trezentos-e-cincoenta" —, integra o poema de abertura da obra *Remate de males*. Menos citada, porém, é outra divisa prenhe de conotações, e envolta num complexo de traduções:[1]

> [...]
> *Tudo em mim são ângulos, retas.*
> *Maquinismo inflexível,*
> *Corpo metrônomo,*
> *Allegro ma non troppo.*
>
> *Abaixo as músicas românticas!*
> *Sou uma fuga de João Sebastião Bach!*[2]
> *Porém os pés sarcásticos satíricos*
> *Grita-gritam riso fino de picadas.*
> *Cobras,*
> *Espinhos,*
> *Dores,*
> *Cacos no caminho.*

Sobre seu sentimento do mundo e das pessoas, motivo de angústias e decepções, traumas, doenças e depressões, Telê Ancona Lopez distinguiu três datas que "balizam crises emocionais profundas, semeadas bem antes dos acontecimentos desencadeadores: 1913 — morte do irmão adolescente; 1933 — os

1 ANDRADE, Mário de. *Losango cáqui* (parte XXV). São Paulo/Belo Horizonte: Martins/Itatiaia, 1980, pp. 87-8.

2 O referido verso foi assinalado por João Etienne Filho na orelha que escreveu para *Poesias completas* de Mário de Andrade. São Paulo/Belo Horizonte: Martins/Itatiaia, 1980.

quarenta anos; 1938 — demissão do Departamento de Cultura".[3]

Mas a vida de Mário de Andrade não foi regida apenas por depressões e melancolia. Nas horas alegres ele revigorava suas energias junto a amigos queridos, em almoços e jantares, reuniões e encontros festivos. Segundo escreve, alguns carnavais lhe propiciaram dias de contentamento. Assim, nesses dias de exceção, deixava as tripas para o Diabo e o espírito para Deus, como cantou em verso. Esse duplo e antagônico movimento que mistura tristeza e euforia foi percebido e explicado pelo próprio artista. O fragmento de uma carta enviada a Oneyda Alvarenga é ilustrativo:

> Eu sou um ser como que dotado de duas vidas simultâneas, como os seres dotados de dois estômagos. O que mais me estranha é que não há consecutividade nessas duas vidas — o que seria mais ou menos comum. Há completa disparidade, uma sofrida e a outra incapaz de qualquer espécie de dor [...]. A verdade é que são vidas díspares, que não buscam entre si a espécie de harmonia, incapazes de se amelhorarem uma pelo auxílio da outra.[4]

E aí se enerva também a sua sexualidade, ponto frágil e brumoso na vida de Mário, que parece imerso num

3 LOPEZ, Telê Ancona. "O riso e o ríctus", in *Uma "autobiografia" de Mário de Andrade*. Curitiba: Fundação Cultural de Curitiba — USP — maio-jun. 1994.

4 Apud SOUZA, Gilda de Mello e. *A ideia e o figurado*. São Paulo: Duas Cidades/Editora 34, 2005, p. 25. O fragmento foi extraído de *Cartas*. Mário de Andrade e Oneyda Alvarenga. São Paulo: Duas Cidades, 1993, pp. 273-5.

emaranhado de problemas, sua "selva oscura". Tem mil razões e mil faces: a feiura, um amor de criança rejeitado, a severidade do pai que não compreendeu o temperamento sensível e angustiado do menino, a vida desregrada e boêmia, em choque com o cotidiano da casa, o solteirão que sempre viveu na companhia da mãe, cercado por tias e familiares, todos muito católicos, como ele mesmo. Arrumava válvulas de escape. E certas angústias pessoais, por exemplo, foram transfundidas nos poemas e em textos de ficção. Em *Contos novos*, isso se dá em "Frederico Paciência", "Peru de Natal", "Tempo da camisolinha", "Vestida de preto".

Com respeito ao seu trabalho, Mário de Andrade dedicou-se à tarefa de compreender o homem na sua universalidade. Também não mediu esforços para conseguir um entendimento do Brasil. Nesse empenho de vida inteira, procurou dar feição à complexidade de suas reflexões, exprimindo-as por meio de uma linguagem simples, mas nada trivial. Aliás, essa foi uma vontade imperativa que se firmou no meio intelectual, no período áureo do modernismo no Brasil. Cada qual a seu modo, os nossos modernistas procuraram desentronizar os purismos que tornavam demasiadamente artificial a comunicação artística. Desejaram eliminar a pompa e o pedantismo bacharelesco que alimentara a expressão literária da geração anterior, cuja linguagem alambicada era apenas acessível a um seleto e privilegiado grupo. Inovador em seu tempo, o projeto modernista brasileiro pretendeu aproximar a expressão artística da fala diária, incorporando a linguagem da casa e da rua, palavras chulas e gírias; misturando o elevado e o baixo, o sério e o cômico; enfim, procurando destruir a inflexibilidade normativa que condicionava o escritor e sua arte. Ainda assim, os feitos de Mário de Andrade nesse campo superaram essas sublevações modernistas da década de 1920 para se transformar em um projeto de vida, no encalço de uma linguagem que pudesse exprimir o poeta, e em sua atualidade de modo consistente os traços oscilantes do caráter nacional.

Em vista disso, o estudo da fala brasileira e a tentativa de sistematizá-la foram preocupações constantes de suas pesquisas, como se pode constatar no fluxo da obra e no projeto inacabado da *Gramatiquinha da fala brasileira*, que hoje conhecemos graças ao trabalho de compilação e organização de Edith Pimentel Pinto.[5] Mas, para nos inteirarmos sobre esse vasto campo de exploração, basta ler *Macunaíma*, folhear suas crônicas, espreitá-lo na intimidade da correspondência, peregrinar pelos poemas e contos. Reforçando seu empenho e desempenho, valem palavras do crítico e jornalista Rubens Borba de Moraes. Numa entrevista concedida a José Augusto Guerra, ao tecer considerações a respeito das ousadias praticadas por Mário de Andrade com respeito aos usos da língua e, ao mesmo tempo, rasgar elogio a Guimarães Rosa, como grande e importante revelação literária, Borba de Moraes indaga: "E o que é Guimarães Rosa senão um produto da *Gramatiquinha da língua* (*sic*) *brasileira*, de Mário de Andrade? Foi a destruição da gramática portuguesa, foi a introdução da língua falada que fez produzir Guimarães Rosa".[6] Com esses caminhos já abertos, a

5 PINTO, Edith Pimentel. *A gramatiquinha de Mário de Andrade — texto e contexto*. São Paulo: Duas Cidades, 1990.

6 Entrevista de Rubens Borba de Moraes, concedida a José Augusto Guerra. "Não eram só literatos os jovens de 22", in *Cultura*. Revista trimestral, ano 2, n. 5, jan.-mar., Brasília: MEC, 1972, p. 21.

língua do povo transposta e transformada na obra de arte literária pode causar pouco espanto nos dias de hoje. Porém, naqueles tempos precursores, resultou numa verdadeira revolução expressiva.

Vale saber como era o país que Mário de Andrade habitava, a começar pelas desigualdades socioeconômicas que eram aberrantes. Por exemplo, no período que vai da infância à idade adulta de Mário de Andrade, poucos habitantes na cidade de São Paulo (a mais rica e desenvolvida do país) tinham acesso à escola para fazer os estudos primários, hoje chamados de ensino elementar, e apenas alguns deles chegavam ao curso médio. O ensino superior era privilégio da elite e, diga-se em acréscimo, um domínio reservado ao sexo masculino. Nas primeiras décadas do século XX havia, basicamente, três núcleos formadores de ensino superior na capital paulista: a Faculdade de Direito, a de Medicina e a Escola Politécnica — lembrando que a Universidade de São Paulo só foi criada em 1934, com a fundação da Faculdade de Filosofia, Ciências e Letras. Para suprir faltas em relação aos estudos, uma parte esclarecida da elite mandava seus filhos para a Europa. Esses homens de mando e dinheiro muitas vezes viajavam acompanhados da família, combinando negócios e temporadas de lazer. No tocante à língua, também havia abismo entre classes. O português castiço da metrópole, ensinado na escola, era igualmente mantido como padrão de norma culta para o Brasil. A isso se acrescia, no âmbito local, o necessário empréstimo, ou mesmo o pedantismo, de expressões em língua estrangeira, do francês ou do inglês.

Nas duas primeiras décadas do século XX, a provinciana Pauliceia via rasgarem novos caminhos com a implantação da indústria. Aliado a isso, era vertiginoso o crescimento da população com a chegada de grandes levas de estrangeiros para suprir a falta de mão de obra especializada, inexistente no país. Assim, italianos, espanhóis, portugueses, alemães, sírios e libaneses, entre outros, juntavam-se à população local. A babel de línguas, como se pode imaginar, só pouco a pouco conseguia superar esforços cotidianos de comunicação. Os novos habitantes traziam hábitos e interesses culturais diferentes. Ainda, no âmbito das relações sociais, eles impunham no meio fabril uma nova tradição de luta. Em meados da década de 1910 e início da de 1920, por exemplo, o movimento operário estava em plena atividade no parque industrial paulista, atuando em protestos, fazendo suas reivindicações. A primeira greve geral do operariado no Brasil, que ocorreu em 1917, foi gerada em São Paulo.

Em outra sintonia (mas indiretamente não desprovido de relação), pouco tempo depois iria rebentar e florescer em São Paulo o movimento modernista brasileiro. Teve origem naquele meio privilegiado em que gravitavam os filhos ilustrados e viajados dos oligarcas do café, que constituíam a chamada "aristocracia rural". Apesar do alarido que esses modernistas faziam, e da rejeição que havia em torno deles, tratava-se de um grupo muito pequeno de rebeldes (pouco mais de cem pessoas) que, cheios de contradições, ansiavam por mudanças no campo artístico. Tentando acompanhar a atualidade do mundo moderno, consideravam necessário combater o atraso que imperava no país. Queriam entrar em contato com as propostas das vanguardas europeias, arejar e renovar ideias. No intuito de transformar a mentalidade anacrônica de seu meio, os modernistas procuraram subverter os valores do gosto passadista, devedor de modelos ultrapassados. Esse período efervescente terminará em 1929 — ano de dissolução para o grupo modernista do qual Mário de Andrade foi figura de proa. Particularmente, também será um ano de tormenta na vida do escritor. Mas, acima dos problemas pessoais, a crise econômica que afetava o mundo ocidental de modo tentacular teve consequências graves no Brasil. Aqui, a quebra da Bolsa de Valores de Wall Street levou à bancarrota a oligarquia cafeeira paulista, à qual os modernistas se ligavam por laços familiares.

Tais considerações são necessárias para compreender de modo mais abrangente esse retrato de Mário de Andrade, que será aqui esboçado em três partes, seguindo sua trajetória de vida. Na primeira, "Da infância ao artista em progresso", os fatos alinhados vão da meninice até 1917. Nessa parte conjugam-se episódios de sua vida cotidiana, sua atuação no Conservatório Dramático e Musical, a participação no jornalismo, os primeiros exercícios literários. A segunda etapa, "Libertação e caminho próprio", começa em 1917 e está atrelada a uma reviravolta em sua vida, marcada por dois encontros — com o escritor Oswald de Andrade e com a pintora Anita Malfatti. A terceira, "Um valor mais alto", prolonga-se da década de 1930 até fevereiro de 1945, mês e ano da morte do escritor. Nesses últimos quinze anos, novos ventos moverão moinhos. Serão tempos fecundos, mas igualmente dolorosos na sua vida pessoal e profissional. É a fase em que Mário de Andrade deixa para o segundo plano seu trabalho de criação artística para se dedicar intensamente à pesquisa sobre a cultura brasileira, caçando documentos e fazendo registros de fontes da cultura popular, a fim de aprofundar suas análises e fundamentar sua interpretação do Brasil — tarefa que praticou com obsessão. Nesse período, como parte do mesmo projeto, dedicou-se de corpo e alma à instituição pública.

Em todas essas fases, a música e a literatura foram companheiras inseparáveis. E São Paulo, onde passou quase toda a sua existência, foi entre apreços e desilusões "a cidade de Mário de Andrade", como o autor de *Primeiro caderno do aluno de poesia Oswald de Andrade* registrou no poema "soidão". E tinha razões de sobra para dizer isso. Em muitas de suas obras o escritor deixou gravado o vínculo que mantinha com a sua cidade natal: desde o título de obra, *Pauliceia desvairada* (1922), ao verso de abertura do mesmo livro de poemas, em que proclama intermediado pelo sujeito poético: "São Paulo! comoção da minha vida...".

Apesar da morte precoce, aos 51 anos, quando ainda estava em plena atividade produtiva, Mário de Andrade foi o mais completo intelectual brasileiro no século em que viveu. Com conhecimento e interesse em diversas áreas do saber, foi professor, musicista, ensaísta, cronista, jornalista, poeta, contista, romancista, dramaturgo (escreveu peça para teatro e ópera), crítico de literatura. Atuou com grandeza e eficiência como administrador público. Deixou livro sobre história da música e inúmeras anotações para um dicionário musical. Concebeu uma *Gramatiquinha da fala brasileira,* escreveu sobre artes plásticas, foi pesquisador da cultura popular — das danças dramáticas à linguagem radiofônica. Nunca é demais lembrar seu pioneirismo nos estudos de crítica cultural e na sua teorização. Com base em pesquisas de fundo, definição de projeto, buscou outro modo de compreender o homem e a sociedade, por um mergulho no conhecimento da cultura popular, notadamente no Brasil. Deslocou-se para regiões do país ainda primitivas (Norte, Nordeste) a fim de registrar e salvaguardar o patrimônio oral. Vasculhou as Minas Gerais do século XVIII, esmiuçando documentos, ouvindo e colhendo histórias de homens do povo, reunindo informações e elaborando questionamentos sobre o folclore local. Assim, procurando se desvencilhar de amarras de classe e olhar a cultura brasileira de outra perspectiva, Mário de Andrade entendeu ser necessário examinar a cultura do povo também em campo, na tentativa de compreender a formação brasileira em seus diversos processos. Estabeleceu uma nova visada para entender articulações locais, observando outras culturas que nela se impregnavam. O alcance e a complexidade desse feito pioneiro no Brasil de 1920 a 1940 infelizmente não foram reconhecidos por adeptos dos estudos culturais no país, quando essa voga aqui desembarcou, vinda da Europa e dos Estados Unidos, alastrando-se no meio universitário brasileiro, nos anos 1990.

DA INFÂNCIA AO ARTISTA EM PROGRESSO: 1893 A 1917

Mário Raul de Moraes Andrade nasceu em São Paulo (SP), no dia 9 de outubro de 1893, na casa de seu avô materno, situada na rua Aurora, número 320 (atual). Morreu na mesma cidade, no dia 25 de fevereiro de 1945, na rua Lopes Chaves, 560. Era filho de Maria Luísa de Moraes Andrade e de Carlos Augusto de Andrade. A família de seu pai e a de sua mãe eram ligadas por laços próximos de parentesco e amizade. Sua avó materna, Ana Francisca Gomes da Silva, de origem muito modesta, era parenta de Manuela Augusta de Andrade — conhecida como "Sinhara Manuelina" —, mãe de Carlos Augusto. Desde longa data esse vínculo de amizade manteve as duas famílias bem próximas.

D. Aninha (como a avó era familiarmente chamada) casou-se ainda jovem com um estudante de Direito, Joaquim de Almeida Leite Moraes, pertencente a uma família tradicional. Jornalista, político, advogado, Leite Moraes foi professor catedrático na Faculdade de Direito do Largo de São Francisco. No ano de 1881, foi nomeado presidente da província de Goiás, cargo que exerceu durante dez meses. Além da atribulada viagem que fez para chegar até a capital goiana, depois de deixar o cargo ele viajou por diversas partes do país, pois pretendia conhecer regiões pouco ou ainda não desbravadas. Esse interregno aventuroso foi sempre evocado no meio familiar de Mário de Andrade por conta das perigosas andanças do avô. Elas certamente nutriram o imaginário do menino Mário, estimulando desde cedo sua curiosidade e interesse pela imensidão do Brasil. Gilda de Mello e Souza (também descendente de Ana Francisca e Joaquim de Almeida Leite Moraes) confirma num depoimento que "Mário de Andrade cresceu ouvindo em casa os ecos dessa aventura, tornada folclórica, que lhe apresentava o pai austero junto ao avô exuberante e comunicativo, atravessando o país de norte a sul, vencendo com destemor as ameaças".[7]

A propósito das ligações familiares, sabe-se que o pai de Mário de Andrade, de família muito humilde, era um homem de grande talento. Para ajudar a mãe, foi tipógrafo aos 12 anos. Autodidata, passou de modesto funcionário de escritório ao jornalismo, sendo o criador do primeiro jornal vespertino de São Paulo. Além do exímio manejo da escrita, Carlos Augusto cultivou especial paixão pelo teatro. Essa diversidade de interesse, aliada ao pendor artístico, pode ter despertado no filho o gosto pelas letras e pelo teatro. Abolicionista, fez parte do Movimento dos Caifazes, organizado pelo jurista Antônio Bento de Sousa e Castro.

Na sua luta pelo sustento da família pobre, Carlos Augusto também trabalhou para Leite Moraes quando este último ainda era proprietário do jornal *O Constituinte*, que fundou com Brasílio Machado e Augusto de Sousa Queirós.[8] Querido e admirado na casa pela inteligência e retidão de caráter, ele acompanhou Leite Moraes, na qualidade de secretário particular, durante a sua permanência na Província de Goiás e nas viagens pelo Brasil. No ensaio "O avô presidente", Gilda de Mello e Souza afirma que "os *Apontamentos* em que Joaquim de Almeida Leite Moraes anotou para seu registro e deleite da família a viagem lendária que realizou pelo Brasil em 1882, em companhia de seu futuro genro Carlos Augusto

7 SOUZA, Gilda de Mello e. *Exercícios de leitura*. São Paulo: Duas Cidades, 1980, p. 98.

8 Informação extraída de "Cronologia", in *Apontamentos de viagem*. Joaquim de Almeida Leite Moraes. Org. de Antonio Candido. São Paulo: Companhia das Letras, 1999, p. 22.

de Andrade, constituem um documento importante na formação da sensibilidade de Mário de Andrade".[9]

Apesar do longo e íntimo convívio, foi só em 1887 que Carlos Augusto se casou com Maria Luísa (d. Mariquinha), passando a morar na casa de seu sogro. Um pouco mais tarde, em 1895, com a morte do patriarca da família, os pais de Mário foram residir num amplo sobrado junto ao largo do Paissandu — lugar da cidade mencionado em vários poemas do artista. Além do casal e dos filhos Carlos e Mário (Renato e Maria de Lourdes ainda não eram nascidos), foram morar na casa nova a avó viúva e uma tia solteira. Na vizinhança já havia se instalado outra tia, Isabel Maria do Carmo Moraes Rocha (Iaiá), viúva do rico fazendeiro Cândido Lourenço Corrêa da Rocha, de Araraquara (SP). Com isso Mário se aproximou de primos e primas residentes na capital e transitou de São Paulo para o interior paulista. Com a morte de Carlos Augusto de Andrade em 1917, a família fez nova mudança, reunindo-se dessa vez numa casa da rua Lopes Chaves, situada no bairro da Barra Funda, na capital paulista.

Mais tarde, como consequência da crise de 1929 que arruinou muitas famílias de fazendeiros, três filhos de familiares residentes em Araraquara hospedaram-se na casa de Mário de Andrade para dar continuidade aos estudos em São Paulo. Assim, em 1930, a família acolheu na rua Lopes Chaves a filha de uma sobrinha de Maria Luísa, a pequena Gilda de Moraes Rocha. Completados os estudos secundários, Gilda foi uma das primeiras mulheres a ingressar na Faculdade de Filosofia

9 SOUZA, Gilda de Mello e. Op. cit., p. 102.

da Universidade de São Paulo. O convívio diário com Mário de Andrade durou até o dia de seu casamento com Antonio Candido de Mello e Souza, em 20 de dezembro de 1943. Essa aproximação foi significativa na trajetória da ensaísta e escritora, conforme se depreende de seu trabalho e se lê em seus escritos e depoimentos.

A presença feminina foi marca dominante na vida de Mário de Andrade. E esse núcleo familiar matriarcal foi para ele alvo de afetos e desafetos, contrariedades e brincadeiras, raivas e depressões. Aqui e ali, na lírica e na obra ficcional, Mário introduziu elementos autobiográficos, dando destaque às mulheres que o rodearam. Outras pessoas próximas serviram igualmente de modelo para os contornos de seus personagens e para a articulação das ações. Ele também transpôs para o relato ficcional o espaço da casa e da cidade onde viveu. E, não poucas vezes, explicitou essa fusão de planos, em que combinou ficção e realidade, mitos e casos. Em conformidade com sua imaginação criadora, incluiu na costura de cantos de *Macunaíma* sua tia-madrinha, com nome e sobrenome completos. Assim, no capítulo III, "Ci, a Mãe do Mato", o rapsodo (narrador) informa que, por ocasião do nascimento do filho do herói de nossa gente, "mandaram buscar pra ele em São Paulo os famosos sapatinhos de lã tricotados por dona Ana Francisca de Almeida Leite Morais". Tia Nhanhã (como a chamavam) era solteira e sempre viveu na companhia de sua irmã Maria Luísa, apesar dos temperamentos diferentes. As duas morreram depois de Mário de Andrade.

Na fatura de outras narrativas ficcionais, o escritor transportou e transfigurou outras pessoas e acontecimentos familiares. Em "Peru de Natal", por exemplo, representa a figura de um pai autoritário e ao mesmo tempo bondoso. Em "Vestida de preto" está presente Maria (Maria da Glória Capote Valente), namoradinha de infância e amor recalcado. Em "Tempo da camisolinha" fixou um pai severo, remetendo a situações da vida cotidiana que o marcaram profundamente na primeira infância. Nesse conto o artista atribuiu os nomes de Maria Luísa e Carlos aos pais do narrador. Na abertura do relato, lê-se: "A feiura dos cabelos mal cortados me fez mal. Não sei que noção de sordidez dos nossos atos, ou exatamente, da vida, me veio dessa experiência da primeira infância./ [...] Meus cabelos eram muito bonitos, dum negro quente, acastanhado nos reflexos. Caíam pelos meus ombros em cachos gordos, com ritmos pesados de molas de espiral". Na vida real, segundo informação de Mário, ele tinha cerca de três anos de idade quando o pai o forçou a cortar os cabelos longos e cacheados que adorava. Tal ato repressor desencadeou sua raiva imediata e gravou para sempre um forte sentimento de mágoa. Esse episódio seria a lembrança mais remota que preserva da primeira infância.

Aos seis anos, quando atingiu a idade escolar, Mário ingressou no Grupo Escolar da Alameda do Triunfo, perto de sua casa. Por esse tempo, dividia as aulas do curso primário com estudos de piano, sob a orientação da mãe e da tia. Assim viu despertar um pendor artístico. Mais tarde, ingressou no Conservatório Dramático e Musical de São Paulo, onde já estudava seu irmão menor, Renato. Em 1913, Mário recebeu um convite para ensinar solfejo aos alunos principiantes; pouco depois, foi escolhido como professor substituto de História da Música no mesmo conservatório.

De família muito católica, seguiu seus estudos secundários no Colégio Nossa Senhora do Carmo, dos irmãos maristas, onde aprendeu grego, latim, francês e inglês. Chegou a traduzir textos do latim. Mas, por desleixo de sua parte, foi reprovado em grego. Dominando bem o francês e manifestando vivo interesse pela literatura, Mário distinguiu-se dos demais colegas. Apesar de avesso à disciplina no colégio, Mário de Andrade era um estudante bastante aplicado no Conservatório Dramático e Musical de São Paulo. Ali estudou piano e canto, diplomando-se nos dois cursos. Este último foi concluído em 1915. Ao piano também se dedicou com paixão, porém teve de sacrificar a carreira de executante devido a um tremor nas mãos que comprometeu seu desempenho desde a morte trágica e precoce de seu irmão Renato, aos catorze anos, ocorrida em 1913. Muito abalado, Mário foi passar uma temporada em Araraquara, na casa de uma sobrinha de sua mãe, Zulmira, que era casada com Pio Lourenço Corrêa. Carregou para sempre o sofrimento que o abateu. Não obstante, estudou piano com afinco, revelando-se pouco depois um dedicado e muito estimado professor no Conservatório Dramático e Musical. Confirmando o profundo amor pela música, foi também um dos sócios fundadores da Sociedade de Cultura Artística de São Paulo.

Além da música, o gosto pela poesia ganhava alento. Em 1914, por exemplo, no aniversário de seu amigo Joaquim Álvares Cruz — diretor do Departamento de Educação do Estado no final da década de 1930 —, deu-lhe de presente um livro de Raimundo Corrêa, com um poema como dedicatória que assim começa:

Cruz
Que este livro galante
Ante
Teus olhos, lembre um dia,
Quem te oferece nesta
Data
De anos e de alegria.
Pequeno ele é e modesto,
[...]

Com esse amigo Mário manteve troca de cartas. Alguns excertos dessa correspondência foram divulgados em 1993, na revista *Arca*, por Aloysio Álvares Cruz, filho de Joaquim. O texto escrito por Aloysio — "Mário de Andrade antes da Semana de 22"[10] — é precioso para conhecermos um pouco mais do cidadão artista. A carta de 1918 aqui reproduzida, está entre os raros registros da correspondência do escritor na década de 1910. Assim Mário de Andrade escreve:

> Caríssimo Cruz,
> Consideraste de muita importância o meu pedido e as minhas asserções. Não eram tam importantes assim. Afinal tanto qui-pró-quó (até me julgaste próximo ao viaduto dum noivado!!!), se originou de ter eu por fazer: uma conferência, uma crítica de teatro e uma *toilette* de casaca por noite. [...] Acreditas, Cruz, que si não me caso, não é por ser avesso ao casamento. [...]

10 CRUZ, Aloysio Álvares. "Mário de Andrade antes da Semana de 22", in revista *Arca*, n. 1. Org. Walter Carlos Costa. Porto Alegre: Paraula, 1993. Número dedicado aos cem anos de Mário de Andrade.

> Mas os meus amares crepusculejam ao nascer! Esta minha cabeça! Êste meu coração! Virá algum amar que seja aurora e dure o dia da vida? Não sei. Parece-me haver dentro de mim qualquer coisa que me faz sozinho... Mas não quero que me penses triste por ter pensamentos... meio tristes. Sou até muito alegre, sinceramente jovial: [...] Em todas as coisas há um lado cómico imperecível. Acostumo-me a descobri-lo lendo os ingleses. Só não vejo os cômicos do que amo. Assim vivo a minha vida entre amares e comicidades. [...][11]

À semelhança de seu pai, Mário de Andrade foi autodidata. Em sua sanha de saber, enveredou pelo campo da pesquisa e cravou seus interesses em diferentes áreas, tanto no plano das artes como no da cultura. Com respeito às suas aptidões literárias, começou experimentando, ainda menino, um poema *nonsensical*, ou "uma cantiguinha *surréaliste*", como explicou a Silveira Peixoto, numa reportagem publicada na *Revista do Brasil* em junho de 1940. Na ocasião, transcreveu parte do pequeno poema para o entrevistador. Uma versão mais completa, contendo um título, foi registrada por Gilda de Mello e Souza:

> POEMA ESCRITO AOS DEZ ANOS
> *Florí de-la-pá!*
> *Gêni-trans-féli guidi nus — pigórdi,*
> *Gêni-trans...féli guinórdi,*
> *Gêni!*

11 Idem, p. 14.

Nesse tipo de exercício poético, que apreciava fazer, Mário de Andrade punha em ação seu espírito de troça, de caçoada, para chocar amigos e familiares. Ao mesmo tempo, porém, desenvolvia seu potencial inventivo. Nesse poemeto infantil, enfeixado por explorações no campo sonoro, o aprendiz de poeta vai emendando termos, num jorro de palavras sem nexo aparente, com apoio em ritmos sincopados. O gosto por essa modalidade de jogos verbais irá reverberar no capítulo XI de *Macunaíma*, "A velha Ceiuci", quando o herói afirma ter encontrado rastro de tapir (anta) na cidade. Sustentando o engodo, ele sai com seus irmãos Maanape e Jiguê e outros curiosos no encalço do animal, repetindo a seguinte lengua: "Tetápe, dzónanei pemonéite hêhê zeténe netaíte".

Ao ser indagado sobre o significado daquela fala estranha, Macunaíma retrucou: "Não sei. Aprendi essas palavras quando era pequeno lá em casa".

Católico praticante e muito devoto, com dezesseis anos Mário entrou para a Congregação da Igreja de Santa Ifigênia. Como por esse tempo já era grande apreciador e estudioso de literatura, formalizou em 1916 um pedido de autorização ao prelado da diocese para ler alguns dos livros proibidos pela congregação do Santo Ofício. E conseguiu seu intuito. Dentre os livros constantes do índex da Igreja Católica, destacou: "Flaubert: *Madame Bovary* e *Salambô*; H. Balzac: *Oeuvres*; H. Heine; *Reisebilder Neue Gedichte*; Materlinck: *Oeuvres*; Larousse: *Grand dictionnaire*".

Em 1917, dando prosseguimento aos seus estudos, inscreveu-se como aluno ouvinte no curso de Filosofia do mosteiro de São Bento, ligado à Universidade de

Louvain, na Bélgica. Frequentou esse curso até 1919. Ali encontrou um mestre por quem nutriu respeito e admiração, o professor Sentroul. Esse intelectual irá introduzi-lo na leitura do simbolismo e do unanimismo, recomendando-lhe obras de Jules Romains, como *Vie unanime*, que concebia o ideal de partilha igualitária de uma perspectiva cristã. Esse e outros autores, como o poeta suíço Verhaeren, Claudel, Ribot, Mallarmé, Victor Hugo, serão ponto de referência no seu "Prefácio interessantíssimo", escrito em 1921. O gosto pela leitura a cada dia tornava as escolhas de Mário mais ecléticas. Sua primeira produção artística foi *Há uma gota de sangue em cada poema* (1917), obra que divulga sob o pseudônimo de Mário Sobral. Nesses poemas encontra-se um sujeito lírico mortificado por sofrimentos que são impostos ao homem de seu tempo, atingido pela guerra que assola o mundo.

Na São Paulo de 1917, os tempos eram de turbulência. Fora do país, naquele ano, a Revolução Russa sacudia o mundo com a vitória da classe trabalhadora sobre o regime czarista. No Brasil, a notícia teve ressonâncias no meio operário, mas não abalou a vida dos nossos poucos artistas e intelectuais. Na mesma década, e no começo da seguinte, também não deram a devida atenção aos acontecimentos políticos internos, como o levante da Escola Militar do Realengo e do Forte de Copacabana e a criação do Partido Comunista do Brasil em 1922. De outro lado, agitaram-se e tomaram posição no tocante à guerra de 1914-18.

Naquele momento, contudo, o que movia artistas e intelectuais era, de fato, o desejo comum de atualizar ideias estéticas e sacudir o meio acanhado com outros valores. Entrando em contato com as vanguardas europeias do século XX, eles viam com bons olhos o processo de modernização do meio urbano local. Havia também o desejo de valorizar e sistematizar a língua falada no Brasil, com seu vocabulário, expressões e dicção, que nitidamente se distanciavam do modelo imposto pelo colonizador. As leituras atualizadas, a experiência cotidiana e os frequentes e acalorados debates por eles promovidos nutriram suas reflexões e fortaleceram argumentos para o encontro de direções próprias. E esses intelectuais e artistas prepararam terreno para a mais viva rebelião nas artes que até hoje o Brasil conheceu. Tratava-se de manifestação de uma pequena parcela da elite, o que significava, a bem dizer, uma insurgência na própria casa e, consequentemente, poderia redundar em nada. Afora isso, como se sabe, naquele momento não havia pontos de contato direto entre os anseios dos trabalhadores e o dos artistas. O terreno, no entanto, começava a ser minado. A crise anunciada na base social, com reflexos na política, na economia e nas artes, terá sua rebentação alguns anos depois e ganhará força nos anos 1930.

LIBERTAÇÃO E CAMINHO PRÓPRIO: DE 1917 A 1929

A vida de Mário de Andrade sofreu reviravoltas em 1917. Dois momentos singulares impulsionaram as mudanças. O primeiro deles foi o encontro com Oswald de Andrade, no Conservatório Dramático e Musical, em noite de homenagem a Elói Chaves, então secretário de Justiça, que em tempos de guerra fazia campanha em favor dos Aliados. Ao ouvir o discurso emotivo de saudação ao visitante — "O Brasil na guerra" —, proferido pelo professor Mário de Andrade, o jornalista Oswald de Andrade ficou fascinado e decidiu levar o texto para publicação no *Jornal do Commercio*, onde trabalhava. Por isso teve que disputá-lo a tapas com um colega de outro periódico. Oswald saiu vencedor e conquistou um amigo.[12] Daí em diante eles se tornaram muito próximos. E serão as duas figuras luminares do movimento modernista. Foram companheiros até 1929, quando Mário rompeu definitivamente a amizade com o escritor.

Além desse primeiro acontecimento, haverá outro encontro significativo no final de 1917, motivado por uma exposição de arte que chocou o meio atrasado e conservador da burguesia paulistana, porque o universo cultural em que se vivia era acanhado demais. Vale lembrar que cerca de trinta anos antes dessa "Exposição de Pintura Moderna", o Brasil passara de regime imperial a Estado republicano, de país escravocrata à condição de industrial capitalista. E apesar de São Paulo ser um campo de mobilização e agitação operária, quando a segunda[13] exposição de Anita Malfatti aconteceu, o Brasil encontrava-se ilhado da Europa por causa da guerra mundial que devastava aquele território.

12 ANDRADE, Oswald de. *Um homem sem profissão — Sob as ordens de mamãe.* Rio de Janeiro: Civilização Brasileira, MEC, 1974. Idem. *Um homem sem profissão.* São Paulo: Globo, 2000.

13 A primeira realizou-se em São Paulo, em 1914, despercebida, sem alarido.

Com respeito à mostra de arte de Anita Malfatti, fora a curiosidade e o entusiasmo de alguns poucos visitantes nas primeiras semanas, de repente a exposição tornou-se foco de ataques, provocando tumulto e escândalo na cidade, e pegando a artista de surpresa. Tudo isso por causa de uma crítica severa de Monteiro Lobato, que saiu na edição vespertina do jornal *O Estado de S. Paulo*. Em sentido inverso, entretanto, a exposição despertou Mário de Andrade para a compreensão de um novo universo no terreno das artes plásticas, como ele mesmo explica: "Parece absurdo, mas aqueles quadros foram a revelação. E ilhados na enchente de escândalo que tomara a cidade, nós, três ou quatro, delirávamos de êxtase diante de quadros que se chamavam *O homem amarelo*, *A mulher de cabelos verdes*".[14] Essa mostra individual de Anita Malfatti, realizada em dezembro de 1917, na rua Líbero Badaró, 111, em São Paulo, punha no centro das atenções uma mulher, destacada como artista moderna, o que era motivo de dupla perplexidade. Em meio a esse alvoroço, no início de 1918 a arte de Anita foi defendida por Oswald de Andrade num artigo de jornal.[15]

A exposição dessa porta-voz da modernidade artística do século XX no Brasil foi considerada por Mário da Silva Brito o "estopim do modernismo". Nessa segunda mostra em São Paulo (a primeira, em 1914, foi pouco notada), Anita apresentou uma produção arrojada.

14 ANDRADE, Mário de. Citação extraída de: BATISTA, Marta Rossetti. *Anita Malfatti no tempo e no espaço*. São Paulo: IBM Brasil, 1985, p. 57.
15 ANDRADE, Oswald de. "A exposição de Anita Malfatti." Texto reproduzido em Brito, Mário da Silva. *História do modernismo brasileiro I. Antecedentes da Semana de Arte Moderna*. 2. ed. rev. Rio de Janeiro: Civilização Brasileira, 1964, pp. 61-2.

Os 53 trabalhos expostos eram representados por gravura, aquarela, pastel, desenho e óleo sobre tela. As pinceladas de tintas fortes traduziam tendências expressionistas aprendidas durante sua permanência de estudos na Alemanha. Já as experiências com técnicas do cubismo, que ali exibia, foram apresadas na escola de Homer Boss nos Estados Unidos, por onde igualmente passou. Em sua arte Anita Malfatti privilegiou os movimentos segmentados, fortalecendo linhas angulosas, explorando a "construção geométrica do desenho básico", para usar suas palavras. E, como também explicou nesse depoimento — reproduzido por Mário da Silva Brito em *História do modernismo brasileiro I. Antecedentes da Semana de Arte Moderna* —, ela fez o "primeiro nu cubista brasileiro".[16] Mário de Andrade, que se divertiu na primeira visita, logo se encantou com *O homem amarelo*, *Estudanta russa*, *O japonês*, *A boba*, *A mulher de cabelos verdes*. Um pouco mais tarde, em 1924, quando efervescia a produção de vanguarda local, ele declarou: "Este movimento modernizante de arte que se vem delineando cada vez mais nítido e rico, teve em São Paulo o seu início. Quem primeiro trouxe uma sistematizada manifestação de arte moderna para o Brasil foi Anita Malfatti".[17]

Impactado pela força daquela arte de tendência expressionista, com suas cores vibrantes e pinceladas largas, ou com o *Nu cubista*, Mário de Andrade voltou

16 BRITO, Mário da Silva. *História do modernismo brasileiro I. Antecedentes da Semana de Arte Moderna*. 2. ed. rev. Rio de Janeiro: Civilização Brasileira, 1964.

17 ANDRADE, Mário de. "Crônicas de Malazarte" VII, in *Brasil: 1º Tempo modernista 1917/29*. Documentação, Org. Marta R. Batista et al. São Paulo: Instituto de Estudos Brasileiros, 1973, p. 220.

diversas vezes à exposição, especialmente encantado com *O homem amarelo*. Na ocasião, assinou o livro de presença com o pseudônimo Mário Sobral e mandou recado para a artista: "Estou impressionado com este quadro, que já é meu, mas um dia virei buscá-lo".[18] Logo o escritor se tornou um grande e fiel amigo da artista. E, de 1917 a 1922, formou com Anita Malfatti, Oswald de Andrade, Guilherme de Almeida e Menotti Del Picchia um grupo combativo em prol da renovação das artes no país.

Nesse tempo que antecede a Semana de Arte Moderna, crescia o grupo de interessados no movimento de renovação da literatura, das artes plásticas, da música, com aliados em São Paulo e no Rio de Janeiro: Brecheret, Di Cavalcanti, Villa-Lobos, Couto de Barros, Sérgio Milliet, o jovem Sérgio Buarque e outros mais. Com novos projetos em vista, Mário de Andrade buscava apreender a vida moderna e dar novas diretrizes para a sua arte poética, experimentando limites, procurando inovar a forma artística, reinventando a tradição formadora. Mesmo atento às mudanças, o poeta sabe que "o passado é lição para se meditar", como gravou em 1921 no "Prefácio interessantíssimo".

Mário vai se atualizando. Lê, debate, questiona, faz projetos. Em 1921, aceita convite de Oswald de Andrade e publica uma coletânea de artigos, "Mestres do passado". Em sua *História do modernismo brasileiro,* Mário da Silva Brito reproduziu os textos na íntegra. Na apresentação, informa que "Oswald cede lugar ao amigo e expressa-se assim: 'Mário de Andrade vai falar. Cessem os

18 ANDRADE, Mário de, apud BATISTA, Marta Rossetti. *Anita Malfatti no tempo e no espaço.* São Paulo: IBM Brasil, 1985, p. 74.

meus irregulares e frouxos apontamentos críticos'. 'Outro valor mais alto se alenta.' O comovido sarcasta de *Pauliceia desvairada* deu ao *Jornal do Commercio* uma série faiscante de estudos profundos e argutos dos mestres do nosso extinto parnasianismo".[19]

Naquele ano de 1921, convulsivo para as artes e para Mário de Andrade, ele já é um dos vértices do movimento que se articula em torno das comemorações do centenário da Independência do Brasil. Nas artes, o propósito maior era libertar-se dos velhos cânones que mantinha o artista preso na teia das regras. Como a "escrava do Ararat", escreve Mário de Andrade, a poesia precisava libertar-se, despojar-se das vestes e tornar-se a mulher "nua, angustiada, ignara, falando por sons musicais, desconhecendo as novas línguas, selvagem, áspera, livre, ingênua, sincera" — é o que declara na apresentação de *A escrava que não é Isaura,* que começou a escrever em 1922 e terminou em 1924. Na sequência, revela que foi "um vagabundo genial" que a descobriu. Conclui sua parábola explicando que "essa mulher escandalosamente nua é que os poetas modernistas se puseram a adorar... Pois não há de causar estranheza tanta pele exposta ao vento à sociedade educadíssima, vestida e policiada da época atual". Esse ensaio sobre a poesia modernista foi dedicado a "Osvaldo de Andrade". Mas estamos em 1920, quase vésperas do evento artístico que irá causar um novo abalo no meio intelectual da cidade de São Paulo.

19 BRITO, Mário da Silva. *História do modernismo brasileiro 1. Antecedentes da Semana de Arte Moderna.* Rio de Janeiro: Civilização Brasileira, 1964, p. 254.

Por esse tempo, no âmbito de sua vida familiar, os prenúncios para Mário de Andrade não eram alentadores. Rodeado por mulheres, em casa e na vizinhança, era alvo fácil das carolices femininas e da incompreensão de parentes próximos. Contra os ataques ao seu modo de ser, muitas vezes se insurgiu com ímpeto. De acordo com relato do escritor, no que diz respeito aos seus interesses e posicionamentos, nem o irmão nem a mãe se incomodavam com suas "loucuras". O restante da família (tias e primos), porém, era impiedoso nas críticas e maledicências: "Eu tinha discussões brutais, em que os desaforos mútuos não raro chegavam àquele ponto de arrebentação que... porque será que a arte os provoca! [...]".[20]

Seguindo seu registro, o caso mais expressivo desse tipo de atitude teve origem numa escultura que ele adquiriu de Vitor Brecheret. Aqui, suas explicações sobre o clima familiar candente servem como preâmbulo para o episódio que trouxe à luz *Pauliceia desvairada*:

> Foi quando Brecheret me concedeu passar em bronze um gesso dele que eu gostava, uma "Cabeça de Cristo", mas com que roupa! eu devia os olhos da cara! Andava às vezes a pé por não ter duzentos réis pra bonde, no mesmo dia em que gastara seiscentos mil-réis em livros... E seiscentos mil-réis era dinheiro então. Não hesitei: fiz mais conchavos financeiros com o mano, e afinal pude desembrulhar em casa a minha "Cabeça de Cristo", sensualissimamente feliz. Isso a notícia correu num átimo, e a parentada que morava do lado invadiu

20 ANDRADE, Mário de. "O movimento modernista", in *Aspectos da literatura brasileira*. São Paulo: Martins, 1974, pp. 233-4.

> a casa pra ver. E pra brigar. Berravam, berravam. Aquilo era até pecado mortal!! estrilava a senhora minha tia velha, matriarca da família. Onde se viu Cristo de trancinha! era feio! medonho! Maria Luísa vosso filho é um "perdido" mesmo.[21]

No que tange ao golpe e à sua reação imediata, assim se manifesta:

> Fiquei alucinado, palavra de honra. Minha vontade era bater. Jantei por dentro, num estado inimaginável de estraçalho. Depois subi para o meu quaro, era noitinha, na intenção de me arranjar, sair, espairecer um bocado, botar uma bomba no centro do mundo. [...] Eu estava aparentemente calmo, como que indestinado. Não sei o que me deu. Fui até a escrivaninha, abri um caderno, escrevi o título em que jamais pensara, "Pauliceia desvairada".[22]

Mário sentiu os limites por demais ultrapassados. A velha Pauliceia mostrava-se para ele insana, tresloucada, de pernas para o ar, ou, na sua melhor escolha, "desvairada". O estouro chegara: "Entre desgostos, trabalhos urgentes, dívidas, brigas, em pouco mais de uma semana estava jogado no papel um canto bárbaro, duas vezes maior talvez do que isso que o trabalho de arte deu num livro".[23]

Nesses fragmentos extraídos da palestra "O movimento modernista" de 1942, Mário de Andrade revela

21 Idem, p. 233.
22 Idem, pp. 233-4.
23 Idem, p. 234.

questões da intimidade, preocupações com as primeiras manifestações da nova arte que irrompia, em contraste com a mentalidade ressequida da burguesia paulistana, e aliada a certo espírito religioso conservador. Nesse feixe de informações e interpretações, não deixa de incluir dados de sua vida particular, expõe até mesmo as próprias dificuldades financeiras, aludindo às complicadas ginásticas que precisava fazer para adquirir livros e objetos de arte. Traz também uma visão geral do centro urbano de São Paulo, que então abria espaços para a modernização: bonde, trem, luz elétrica, como se sabe, eram aquisições novas. E havia uns poucos automóveis que circulavam pelas ruas, como o de Oswald de Andrade, que transportava amigos pra lá e pra cá para leitura de poemas. Era o único automóvel provido de cinzeiro. Ganhou destaque em versos de "A caçada" de *Pauliceia desvairada*:

Abade Liszt da minha filha monja,
na Cadillac mansa e glauca da ilusão,
passa o Oswald de Andrade
mariscando gênios entre a multidão!...

Os termos "loucura", "desvario", "perdido", do discurso de Mário, que atestam um vocabulário corrente na época (não apenas no meio familiar do artista), serviam para traduzir certos comportamentos que afrontavam a mentalidade retrógrada. O pior deles, talvez, era "futurista" — usado como xingamento. Intelectualmente limitada, e preservando hábitos de fachada, a sociedade paulistana mostrava o peso de seus preconceitos. E era desse modo que a elite escolarizada, formadora de opinião, imprimia etiquetas e definia valores, ditando usos e costumes. Valia-se da superioridade de posição para desqualificar comportamentos fora das normas que desejavam manter. Visto de outra perspectiva, porém, pechas como "perdido", "desvairado", acabavam se revertendo em elogio. No conto "Vestida de preto", com relato na primeira pessoa, o narrador explica mudanças de rumo depois que decidiu não mais amar Maria: "De resto a mocidade raiava e eu tinha tudo a aprender. Sem abandonar meu jeito de 'perdido', o cultivando mesmo, ginásio acabado, eu principiara gostando de estudar".[24]

Naquele início de década, o interesse em conhecer o país de modo mais aprofundado já tomava conta dos anseios de Mário de Andrade. Queria esquadrinhar o Brasil para entendê-lo nas suas contradições, esmiuçar a mixórdia de sua formação. Tal compromisso deu origem a reflexões pioneiras. Nesse entender, uma expressão forjada por Mário foi retomada por Gilda de Mello e Souza para lembrar sua obsessão por desvendar a "pátria tão despatriada". E foi por caminhos de seu próprio fazer que também buscou escancarar contradições, desnudar preconceitos, enfrentar desafios. "O trovador", "Ode ao burguês", "Anhangabaú", "A caçada", "O domador" de *Pauliceia desvairada* são exemplos disso.

Nessa problematização, em que inclui a subversão da linguagem literária, ele argumenta pelo negativo, mas sem se privar do humor. Assim, movido por essa constante preocupação, Mário trouxe para a obra de arte o mundo fragmentado, lúdico e melancólico de sua

24 Idem. "Vestida de preto", in *Contos novos*. São Paulo: Martins, 1976, p. 14.

atualidade, traduzindo-o como arlequinal e intangível, em *Pauliceia desvairada*: "Losangos de bruma e de ouro...". A complexidade de suas conjecturas artísticas adensava-se com o estudo da literatura e da cultura brasileiras e com o conhecimento que vai adquirindo das diferentes diretrizes da vanguarda europeia, aprendendo a filtrar e criticar: cubismo, futurismo, expressionismo, *esprit nouveau*, dadaísmo. Era necessário se atualizar para poder amadurecer e lançar-se em voo próprio. De acordo com Marta Rossetti Batista, foi a partir de 1919 que Mário de Andrade inteirou-se do expressionismo, aprofundando os estudos. E esse foi um dos motivos, mas não o único, que o levou a aprimorar o aprendizado da língua alemã.

A descoberta de novas possibilidades para a arte, que compreendia experimentar, ousar e enfrentar o desconhecido, levou Mário de Andrade a declarar no "Prefácio interessantíssimo" de *Pauliceia desvairada*: "Somos os primitivos de uma nova era". Entendia com isso que os nossos modernistas eram os preparadores de um novo tempo. Naquele momento, seguindo relato posterior do escritor, o "desenvolvimento da consciência americana e brasileira, os progressos internos da técnica e da educação impunham a criação de um espírito novo e exigiam a reverificação e mesmo a remodelação da Inteligência nacional". E prossegue na acurada avaliação:

> Isto foi o movimento modernista de que a Semana de Arte Moderna ficou sendo o brado coletivo principal. Há um mérito inegável nisto embora aqueles primeiros modernistas... das cavernas, que nos reunimos em torno da pintora Anita Malfatti e do escultor Vitor

> Brecheret, tenhamos como que apenas servido de alti-falantes de uma força universal e nacional muito mais complexa que nós.[25]

Nesse exame crítico e autocrítico, enfatiza: "O movimento de Inteligência que representamos, na sua fase verdadeiramente 'modernista', não foi o fator das mudanças políticas-sociais (*sic*) posteriores a ele no Brasil. Foi essencialmente um preparador; o criador de um estado de espírito revolucionário e de um sentimento de arrebentação".[26] Sublinhando o caráter de negação, enfatizou a oposição entre o movimento modernista brasileiro e o futurismo italiano de Marinetti, que para Mário de Andrade, contrariamente ao nosso, era glorificador e positivo.

A propósito, cabe uma referência à posição assumida por Oswald de Andrade, em 27 de maio 1921, meses antes da Semana de Arte Moderna, lembrando que, ao chamar o amigo de "poeta futurista", o intuito era elogiar a ousadia dos versos e dar projeção à arte moderna de Mário de Andrade. A história se passou mais ou menos como segue. Conhecedor dos poemas de *Pauliceia desvairada,* Oswald de Andrade escreveu para a edição de São Paulo do *Jornal do Commercio* anunciando Mário de Andrade como arauto de uma nova poesia. Nesse artigo, "O meu poeta futurista", Oswald fundiu figuração bíblica, sensualidade e atualidade vocabular para traçar feições da cidade desconcertante e misteriosa — "*girl* babilônica" — habitada pelo poeta.

25 Idem. "Movimento modernista", in Op. cit., p. 231.
26 Idem, p. 241.

Essa definição da cidade se junta à descrição física que faz do amigo: "É longo como um círio e evoca para as minhas meditações um cálice do Graal suspenso aos lábios ávidos da *girl* babilônica que é esta cidade de mil portas". Na sequência, misturando planos, Oswald joga com extremos, provoca o choque e se compraz com aqueles novos companheiros que se arriscavam em seus desbravamentos artísticos. Dando asas ao entusiasmo, continua: "Nós também temos os nossos gloriosos fixantes da expressão renovadora de caminhos e de êxtases". E completa: "Bendito o futurismo paulista, que surge companheiro de jornada dos que aqui gastam os nervos e o coração na luta brutal, na luta americana, bandeirantemente!".[27]

O título do artigo, que ilumina o termo "futurista" e o associa ao poeta, desgostou Mário de Andrade. O vocábulo, contudo, circulava com certa naturalidade entre os modernistas. Segundo Mário da Silva Brito, eles "admitiam ser classificados entre os 'futuristas' apenas por espírito de luta". E, para confirmar, recobra um fragmento de Menotti Del Picchia (que depois da semana de 22 irá rever suas posições, optando pelo verde-amarelismo). Naquele momento, porém, foi enfático:

> A nossa estética é de reação. Como tal, é guerreira. O termo futurista, com que erradamente a etiquetaram, aceitamo-lo porque era de um cartel de desafio.

27 ANDRADE, Oswald de. "O meu poeta futurista". Reproduzido por Mário da Silva Brito em *História do modernismo brasileiro I. Antecedentes da Semana de Arte Moderna*. Rio de Janeiro: Civilização Brasileira, 1964, pp. 228-31.

> Na geleira de mármore de Carrara do parnasianismo dominante, a ponta agressiva dessa proa verbal estilhaçava como um aríete. Não somos nem nunca fomos futuristas. Eu, pessoalmente abomino o dogmatismo e a liturgia da escola de Marinetti. [...] No Brasil não há, porém, razão lógica e social para o futurismo ortodoxo, porque o prestígio do seu passado não é de molde a tolher a liberdade da sua maneira de ser futura.[28]

O que caiu como bomba foi mesmo o artigo de Oswald, recebido como mais uma provação para o escritor. Isso porque o elogio teve seu efeito revertido e provocou outras turbulências. Tentando se defender do qualificativo, Mário replicou no "Prefácio interessantíssimo": "Não sou futurista (de Marinetti). Disse e/ repito-o. Tenho pontos de contato com o/ futurismo. Oswald de Andrade, chamando-me/ de futurista, errou. A culpa é minha. Sabia da/ existência do artigo e deixei que saísse. Tal foi/ o escândalo que desejei a morte do mundo. [...]/". Apesar da defesa, o estrago estava feito, e uma vez mais Mário de Andrade assanhou mexericos e escândalos na sociedade atrasada e na elite de província, dada a contrapartida pejorativa que o termo alcançava. Alguns pais, por exemplo, impediram que as filhas continuassem suas aulas de piano no Conservatório.

Em meio a tanto desencontro, a posição assumida por Mário de Andrade algum tempo depois foi decisiva para que o termo "futurista" (de duplo uso), associado ao seu grupo, fosse perdendo força na opinião pública.

28 BRITO, Mário da Silva. *Ângulo e horizonte — de Oswald de Andrade à ficção científica*. São Paulo: Martins, 1969, p. 67.

E isso se deu em 1925, quando o jornal *A Noite* (Rio de Janeiro) decidiu prestar homenagem aos artistas de 1922. Anunciando uma série de entrevistas sob o título de "Mês futurista", conferem a Mário de Andrade o nome de "papa do futurismo". Na ocasião, além de sentar-se junto à máquina para responder às perguntas formuladas, de pronto o escritor contestou, afirmando que não escreveria se eles fossem identificados com a "tabuleta de futuristas". Em vista disso, bem no início da conversa, quando o jornalista sugeriu ao escritor "Falemos de literatura futurista [...]", Mário de Andrade rebateu: "Já vem você com futurismo!... Fale modernismo, que custa! E fica certo".[29]

A propósito de tantos equívocos e controvérsias, outro companheiro modernista, Sérgio Buarque de Holanda, ajuizou de modo taxativo sobre futurismo e futuristas: "Vamos aos futuristas de São Paulo que, como se vê, podem ser chamados assim. Não se prendem aos de Marinetti, antes têm mais ponto de contato com os moderníssimos da França desde os passadistas Romain Rolland, Barbusse e Marcel Proust até os esquisitos Jacob, Apollinaire, Stietz, Salmon, Picabia e Tzara".[30]

Mais de vinte anos passados, o autor de *Serafim Ponte Grande* voltou a bater na tecla para justificar a pertinência do que disse. Assim, no artigo "Gênese da Semana de Arte Moderna", datado de 1944, Oswald declarou

29 Idem. "1925 — Assim falou o papa do futurismo", in *Entrevistas e depoimentos*. Org. Telê Ancona Lopez. São Paulo: T. A. Queiroz, 1983, p. 16.

30 HOLANDA, Sérgio Buarque de. "O futurismo paulista", in *O espírito e a letra* (vol. 1). Org. Antonio Arnoni Prado. São Paulo: Companhia das Letras, 1996, p. 132.

novamente seu entusiasmo pelos poemas de *Pauliceia desvairada*, explicando:

> Chamei Mário de Andrade de "o meu poeta futurista" porque na desordem regional de seus versos vinha esse "algo nuevo" que já era velho na Europa, mas que aqui somente assim podia exprimir uma coeva independência. [...] O termo pegou e tinha que pegar porque a primeira fase da revolução literária brasileira não deixaria de ser a exata eclosão de uma sensibilidade burguesa, atingida enfim na selva semicolonial da América, pela era da máquina, pela era burguesa e futurista da máquina. [...] Fomos burgueses em 22 e tínhamos de ser. Isso já era uma notável superação.[31]

A percepção de Oswald de Andrade é aguda não só em relação às inovações do estilo de Mário de Andrade, mas também por reconhecer com antecipação um estilo norteador da modernidade. Essa nova sensibilidade artística se prenunciara em *Carnaval*, livro de poemas de Manuel Bandeira datado de 1919.

O artigo de Oswald de Andrade, que causou tantas reações adversas, prenunciava que o pior ainda estava por acontecer. E o pior se deu em fevereiro de 1922, quando um novo escândalo atormentou a elite paulistana. Sem se dar conta do campo minado, aquela elite formada essencialmente pela oligarquia cafeeira abriu as portas do mais importante teatro da cidade para a apresentação de seus pares — os artistas e intelectuais modernistas.

31 ANDRADE, Oswald de, "Gênese da Semana de Arte Moderna", in *Hoje — O mundo em letra de fôrma,* ano VII, n. 75, abr. 1944, p. 13.

Apadrinhados por Paulo Prado (que também frequentava o grupo), foram igualmente apoiados pelo prefeito da cidade. Nunca é demais lembrar que nessa confraternização os participantes estavam entre amigos e parentes. Na noite de estreia, um público seleto da sociedade local compareceu em traje de gala para prestigiar o início de um evento que fazia parte das comemorações do centenário da Independência do Brasil, denominado "Semana de Arte Moderna". Além de exposições de arte no saguão da entrada do teatro, o programa previa três apresentações, com recitais de piano, leituras de poemas, de fragmentos de romances, de propostas estéticas. Seguindo a programação, nos dias 13, 15 e 17 de fevereiro de 1922 os artistas subiram ao palco do imponente Teatro Municipal, inaugurado onze anos antes.

No dia estabelecido para a primeira apresentação — 13 de fevereiro —, saiu publicado um artigo de Oswald de Andrade definindo o grupo modernista como "*boxeurs* na arena". Antevendo problemas, ele prepara o espírito de uns e de outros: "Nós, pelo acolhimento da plateia de hoje, julgaremos da cultura de nosso povo. Pois sabemos, com Jean Cocteau, que quando uma obra de arte parece avançada sobre o seu tempo, ele é que de fato anda atrasado".[32] De fato, nessa primeira noite de gala houve balbúrdia provocada por boa parte da plateia. Mas foi o segundo dia de espetáculo o mais vaiado e o que causou mais agitação e tumulto. Passada a perplexidade do momento inaugural, o público entrou em ação com agressões verbais,

32 Texto de Oswald de Andrade. Reproduzido em *22 por 22*. Org. Maria Eugenia Boaventura. São Paulo: Edusp, 2000, p. 86.

apupos, pateadas. Mário de Andrade confessa que teve de extrair forças para se apresentar. Naquele mesmo dia, no intervalo do espetáculo, o escritor falou sobre a pintura moderna no saguão do teatro.

Passada a borrasca, em abril do mesmo ano, Sérgio Milliet fez seu diagnóstico, demonstrando entusiasmo pelo que ocorreu. E assim ele resume os resultados a uma amiga: "Eis que de repente esses artistas fazem um apelo aos outros desconhecidos do Brasil que, a poder de coragem e de perseverança, conseguem esta coisa surpreendente: dar a São Paulo, a cidade do café, a cidade *nouveau riche,* noitadas de arte moderna".[33]

Outra leitura, de Mário da Silva Brito, também avalia tempos mais tarde que, apesar de tudo, os modernistas conseguiram realizar seu intento e trazer a renovação para a arte brasileira, colocando "o Brasil na atualidade do mundo que já havia produzido T. S. Eliot, Proust, Joyce, Freud, Planck, Einstein, a física atômica".[34] A propósito, vale destacar um depoimento de Vera Pacheco Jordão, recortado por Mário da Silva Brito, em "O alegre combate de Klaxon", porque oferece um panorama mais amplo dos juízos e das posições de classe acerca dos modernistas: "as relações de dona Olívia Guedes Penteado com os modernistas afetaram-lhe a reputação. Não entendiam os representantes da sociedade provecta como 'tão digna senhora, de família tradicional' 'se deixava contaminar pela loucura e abria sua casa aos sabotadores

33 MILLIET, Sérgio. Op. cit., p. 128.

34 BRITO, Mário da Silva. "A revolução modernista", in *A literatura no Brasil, Modernismo*. vol. V. Dir. de Afrânio Coutinho. Rio de Janeiro: Editorial Sul Americana, 1970, p. 17.

da arte, da inteligência e da moral!'; os mais caridosos diziam que a pobre já estava de miolo mole, outros, que a vaidade virara-lhe a cabeça".[35] Esse é mais um relato que não apenas corrobora o efeito de choque produzido por aquela primeira manifestação pública dos modernistas, como também registra o papel social atribuído à mulher.

Naqueles dias de fevereiro, entre declamações, recitais e leituras, os holofotes focalizaram Oswald de Andrade, Guilherme e Tácito de Almeida, Menotti del Picchia, Ronald de Carvalho, Villa-Lobos. Outro conduzido ao palco foi Mário de Andrade, "explicando sob os assovios e os sarcasmos, as teorias da arte moderna".[36] O poema "Ode ao burguês", de *Pauliceia desvairada*, foi declamado e recebido com uma estrondosa vaia, acompanhada de pateadas. Na conferência de 1942, Mário de Andrade fez mais um agudo diagnóstico: "Manifestado especialmente pela arte, mas manchando também com violência os costumes sociais e políticos, o movimento modernista foi o prenunciador, o preparador e por muitas partes o criador de um estado de espírito nacional".[37] Naquele início da década de 1920, em que o Brasil procurava sair do atraso econômico e absorvia com rapidez ditames do desenvolvimento capitalista no centro urbano, no plano social, que não se dissocia do primeiro, as assustadoras desigualdades tornavam o terreno problemático e a situação no país criticamente mais aguda. A nova configuração com que se desenhava a vida

35 Idem. "O alegre combate de Klaxon", in *Klaxon — Mensário de Arte Moderna*. Edição fac-similar. São Paulo: SCCET, 1976.

36 MILLIET, Sérgio. Op. cit., p. 128.

37 ANDRADE, Mário de. "O movimento modernista", in *Aspectos da literatura brasileira*. São Paulo: Martins, 1974, p. 231.

brasileira indiretamente reverberava na emancipação que se buscava nas artes.

Apesar da euforia que predominava no movimento modernista local, mesmo entre eles foi necessário conviver com posições divergentes e, diga-se, nem sempre renovadoras. O próprio Mário de Andrade, referindo-se aos integrantes da revista *Klaxon* (1922-23), declarou à época: "Muitos desses artistas nem se compreendem mutuamente".[38] As diferentes apreensões das vanguardas, aliadas à visão que tinham do Brasil, começavam gradativamente a ter contornos mais nítidos. Olhando com a distância do tempo, e relembrando a passagem de um grupo de modernistas por Belo Horizonte, Pedro Nava bem definiu em *Beira-mar*: "Esse enunciado de goiabada misturada com cerveja basta para dar uma ideia da extrema confusão que era o Movimento Modernista". E a isso acrescentou: "Cabe repetir a frase de Aníbal Machado. 'Todos sabiam o que não queriam. Ninguém sabia o que queria. Creio que nossa grandeza estava na divergência' [...]".[39] Mesmo reconhecendo esse turbilhão de ideias e a falta de clareza em muitos posicionamentos, o movimento tinha desencadeado um processo frutífero, preparando terreno para fecundar mudanças no domínio das artes e da cultura. Mário de Andrade declarou em 1925 que, das tentativas de modernização artística ocorridas no mundo, "a que achou melhor solução para si mesma foi a brasileira". Para ele, os nossos modernistas tinham a seu favor a possibilidade de desbravar um

38 Idem. *Klaxon* — Mensário de Arte Moderna — 1922-23. Edição fac-similar. São Paulo: Martins/SCCT, 1976, p. 73.

39 NAVA, Pedro. *Beira-mar*. Rio de Janeiro: José Olympio, 1978, p. 197.

mundo novo. E foi por um mergulho em profundidade nos problemas voltados para a língua de comunicação diária, para o entendimento da expressão cultural popular, em conjunção com as questões da arte de seu tempo que Mário de Andrade procurou arejar ideias, pôr em prática suas pesquisas e inovar a produção poética.

Quase ao final do agitado ano de 1922, as pintoras Anita Malfatti e Tarsila do Amaral — esta última, uma nova e cativante amiga que o escritor tinha conhecido havia bem pouco tempo —, fizeram um retrato de Mário de Andrade. Foi no dia 9 de outubro, de acordo com o que está registrado nos trabalhos, certamente celebrando o aniversário do escritor. Naquela oportunidade, Anita Malfatti traçou o amigo em carvão e pastel; Tarsila do Amaral utilizou somente o pastel. Os dois trabalhos que hoje se encontram no Instituto de Estudos Brasileiro (USP)[40] figuram entre as diversas obras de arte de seu legado ao público.

O encontro com aquelas amigas e com outros companheiros do grupo modernista fazia parte da rotina. Naqueles tempos, Mário de Andrade abria sua casa para reuniões semanais, recebendo seus convidados nas noites de terça-feira. Na casa da rua Lopes Chaves, ele já promovia debates sobre arte moderna antes mesmo da Semana de 1922. Nos anos seguintes, esses encontros entre amigos se transformaram numa rotina e ficaram conhecidos como "salões". Olívia Guedes Penteado recebia nas tardes de terça-feira, no palacete da rua Duque de Caxias. E, em busca de espaço para seus quadros

40 Revista trimestral *Cultura*. Publicação do MEC, jan.-mar. 1972, ano 2, n. 5, pp. 46-7.

modernos, mandou construir um salão, no fundo da casa, onde ficavam as velhas cocheiras. O "Pavilhão modernista", como ficou conhecido, foi decorado e pintado por Lasar Segall. Em carta a Manuel Bandeira, de 31 de maio de 1925, Mário comenta o feito de Segall com entusiasmo e elogia o trabalho do artista. Por ali passaram Villa-Lobos, Mário de Andrade, Tarsila do Amaral, Goffredo Telles e Oswald entre outros. Paulo Prado recebia no casarão de Higienópolis aos domingos. Os encontros na casa da rua Barão de Piracicaba, de Oswald e Tarsila, se davam em dias variados na semana.

Na temporada que passou em São Paulo, o poeta Blaise Cendrars participou daqueles encontros. Em 1924, ano em que o poeta franco-suíço chegou ao Brasil, houve um importante acontecimento na vida política do país, a Revolução Tenentista liderada por Isidoro Dias Lopes. Em julho, a cidade de São Paulo foi um dos campos de batalha. Rememorando acontecimentos, o jornalista Rubens Borba de Moraes conta que a revolução de 24 causou forte impacto entre os amigos modernistas. E relembra, com a distância do tempo, movimentos de transformação na mentalidade do grupo: "Nós dizíamos que estava tudo errado no Brasil. Não somente a arte e a literatura estavam atrasadas, mas a organização política do Brasil também estava errada".[41] O grupo ao qual ele se refere é o dos membros da revista *Klaxon* — Mensário de Arte Moderna, que circulou de 15 maio de 1922 a janeiro de 1923.

41 "Não eram só literatos os jovens de 22." Entrevista de Rubens Borba de Moraes concedida a José Augusto Guerra, in *Cultura*. Revista trimestral, ano 2, n. 5, Brasília, MEC, jan.-mar. 1972, p. 18.

A revista teve Mário de Andrade como figura mestra. Nela o escritor contribuiu com ensaios polêmicos sobre cinema, música e literatura. Nessa revista, a participação de Oswald de Andrade foi pequena. Entre suas colaborações encontra-se um fragmento do romance *A estrela de absinto*, publicado no exemplar de número 6.

A redação de *Klaxon* era composta por Mário de Andrade, Borba de Moraes, Sérgio Milliet, Menotti del Picchia, Tácito de Almeida, entre outros. Para Rubens Borba de Moraes, a revista teve uma importância singular nas atividades dos artistas e críticos naqueles tempos que se sucederam à Semana. O grupo de *Klaxon* comprometeu-se com a fundação de uma sociedade, de um partido e de um jornal — o *Diário Nacional*. Na década de 1970, Borba de Moraes declarou numa entrevista: "Se você pegar o manifesto do Partido Democrático e olhar os nomes, você verá a redação de *Klaxon* inteirinha, inclusive Mário de Andrade".[42] Segundo Telê Ancona Lopez,[43] naquele ano de 1922 Mário estava procurando se posicionar ideologicamente, indo e vindo em relação às suas convicções.

No ensaio pioneiro que escreveu sobre *Klaxon*, com abalizado estudo sobre a revista, Mário da Silva Brito estimou aquele momento, tomado pelo ânimo progressista, como "a era dos 8 Batutas, do Jazz Band, de Chicharrão, de Carlito, de Mutt & Jeff".[44] Assim, juntou daqui e de lá diferentes manifestações de arte, vistas pela perspectiva

42 MORAES, Rubens Borba de. Op. cit., p. 18.

43 LOPEZ, Telê Ancona. *Mário de Andrade: ramais e caminho*. São Paulo: Duas Cidades, 1972, p. 45.

44 BRITO, Mário da Silva. "O alegre combate de Klaxon", in *Klaxon — Mensário de Arte Moderna*. Edição fac-similar. São Paulo: SCCET, 1976.

da mistura do erudito e do popular, do cômico e do sério, quer pelo viés da música e por artistas do circo, quer pelo cinema, que esplendeu no século XX, provocando transformações de peso na linguagem da arte.

Em 1924, quando a revista *Klaxon* já havia encerrado seu ciclo de publicações, Oswald de Andrade trouxe da Europa duas fecundas contribuições: o "Manifesto da Poesia Pau-Brasil" e uma obra ficcional revolucionária, *Memórias sentimentais de João Miramar*. Esta última recebeu de Mário de Andrade uma leitura elogiosa e crítica, no calor da hora. No artigo, Mário também tece observações sobre o amigo e seu modo de ser para sustentar parte de seu juízo:

> Uma das faculdades que mais admiro em Osvaldo é esse poder certeiro de interessar e divertir. E no clau-nismo do criador do mito futurista brasileiro há uma qualidade ainda por destacar: não é *clown* de profissão. A raridade do bom palhaço vem disso. [...] Pois já disse que Osvaldo acredita no que faz. Age com alma e vida, isto é: imprevisto. Sai farsa. Pois ele diverte-se também. Há muito tempo que já que vivo a pensar secretamente ser Osvaldo o melhor espectador de si mesmo. E disso vem a perfeita alegria de seus passes.[45]

Naquele seu primeiro manifesto, Oswald lançava as bases do movimento Pau-Brasil. E, no andamento das discussões,

45 ANDRADE, Mário de. "Osvaldo de Andrade". Reproduzido em *1º tempo modenista*. Org.: Marta Rossetti Batista, Telê Porto Ancona Lopez, Yone Soares de Lima. São Paulo: Instituto de Estudos Brasileiros, s/d, p. 229. Texto reproduzido em *Memórias sentimentais de João Miramar*. São Paulo: Globo, 2000, p. 8.

se de um lado ganhou adeptos, de outro, entrou em conflito com um grupo opositor, o Verde-Amarelo, capitaneado por Menotti del Picchia. Este último, com Plínio Salgado, constituirá depois o grupo da Anta. E, logo mais Plínio Salgado irá mergulhar nas águas turvas do Integralismo. A julgar pelo acirramento das contradições no grupo modernista, entende-se por que nos anos subsequentes ao da Semana os ânimos foram se tornando cada vez mais acalorados. Abriu-se então uma enorme fenda no movimento, marcando campos de posições antagônicas.

Por razões que logo justificou, Mário de Andrade foi contrário ao jorro de ideias do Manifesto de Oswald, mas, ao tomar conhecimento dos poemas de *Pau Brasil* (obra publicada em 1925), julgou necessário rever suas posições. Em carta datada de 1º de dezembro de 1924, escreveu à amiga Tarsila do Amaral, que se encontrava em Paris, reconsiderando suas críticas. Também aproveita o ensejo para tecer comentários sobre outra obra de Oswald, em andamento inicial (que pouco tempo depois foi bastante alterada pelo escritor):

> Mostrou-te o *Serafim Ponte Grande*? Ficou (o Osvaldo) meio corcundo comigo porque eu disse que não gostei. Mas se ele conhecesse os meus trabalhos atuais faria as pazes comigo. Estou inteiramente pau-brasil e faço uma propaganda danada do paubrasilismo. Em Minas, no Norte, Pernambuco, Paraíba, tenho amigos que estão paubrasileirando. Conquista importantíssima é o Drummond, lembras-te dele, um daqueles rapazes de Belo Horizonte. Está decidido a paubrasileirar-se e escreve atualmente um livro de versos com o maravilhoso nome de *Minha terra*

> *tem palmeiras*. [...] Eu por minha parte estou abrasileirando inteiramente a língua em que escrevo.[46]

Outra prova desse entusiasmo está no artigo que escreveu para rebater críticas de Tristão de Athayde a *Pau Brasil*. Na sua defesa, Mário foi veemente, tanto para afirmar o caráter inventivo da obra como para negar transposições mecânicas de procedimentos da vanguarda, que então amparavam os argumentos de Athayde. Em vista do ataque, Mário apresenta contra-argumento, configurando uma importante leitura da realidade brasileira. Assim, ao afiançar que *Pau Brasil* não era nem dadá, nem expressionista, conforme os rótulos usados por Tristão, ele esclarece e problematiza: "[...] Se a maneira de expressão algumas vezes é parecida, o conteúdo ideal organizador é diverso: Dadá é niilista e abandona a realidade pela imagem. Expressionismo é universalista e gigantiza a realidade pela deformação. *Pau Brasil* é nacionalizante e realista, une a imagem à realidade tornando aquela compreensível e sem deformar expressionisticamente esta. Falo observando as obras". E firma posições ao arrematar: "Além de mais completo entre os livros de O. de A. *Pau Brasil* é dos mais divertidos de nossa terra entre os de literatura séria".[47] Para Mário de Andrade, a deformação assimilada

46 AMARAL, Tarsila do. *Correspondência Mário de Andrade & Tarsila do Amaral*. Organização, introdução e notas de Aracy Amaral. São Paulo: Edusp/Instituto de Estudos Brasileiros, 2001, pp. 86 e 87.

47 ANDRADE, Mário de. "Oswald de Andrade. Pau Brasil. Sans Pareil, Paris, 1925". Inédito transcrito em Op. cit. Org.: Marta Rossetti Batista, Telê Porto Ancona Lopez, Yone Soares de Lima. São Paulo: Instituto de Estudos Brasileiros, s/d, p. 228. Reproduzido em *Pau Brasil*. São Paulo: Globo, 2000, p. 79.

na obra de Oswald não estava no modo de olhar e de representar, mas no próprio objeto mostrado. Deformar a realidade para acentuar problemas, como um procedimento de ingerência do artista, era diferente de ver uma realidade por si só deformada e, nisso, reiterava ele, consistia a compreensão verdadeiramente modernista. Pouco depois, em 1926, Mário declarou numa entrevista: "tradicionalizar o Brasil consistirá em viver-lhe a realidade atual com a nossa sensibilidade tal como é e não como a gente quer que ela seja, e referindo a esse presente nossos costumes, língua, nosso destino e também nosso passado".

Um pouco mais tarde, quando foram lançados o *Manifesto Antropófago* e a *Revista de Antropofagia*, Mário de Andrade comentou em carta ao amigo Alceu de Amoroso Lima, datada de 19 de maio de 1928, sobre coincidências e desencontros em relação aos propósitos que alimentava e aos de Oswald, a começar pela língua de expressão local, a "língua brasileira", como se referiu em carta a Tarsila. Certamente, isso seria inevitável, considerando objetivos comuns e a ligação muito próxima entre esses dois amigos que, embora bem diferentes nas atitudes pessoais, mantinham o mesmo espírito inquieto e questionador. Ambos experimentavam fazer uma arte nova buscando mediações na atualidade e em modos de ser da vida brasileira. Naquela mesma carta a Alceu de Amoroso Lima, Mário declara que, pelo que entendeu, não concordava com o recente Manifesto de Oswald, afirmando ter discutido longamente a esse respeito com o autor e amigo. Apesar das divergências, porém, admite que mesmo sem intenção sua obra se incorporava nos manifestos de Oswald. Toma como exemplo *Pauliceia desvairada*. Ali seu intento era "forçar nota no brasileirismo [...] para chamar a atenção sobre ele", mas ninguém notou. Depois, prossegue, "meti a cara na mata virgem" e Oswald veio da Europa com o *Pau Brasil*. Mais uma coincidência, segundo Mário, porque àquela altura estava com *Losango cáqui* pronto, mas sem dinheiro para publicar. Quando o livro saiu, "virei pau-brasil pra todos os efeitos". Por fim, na mesma carta a Amoroso Lima, comenta: "Agora vai se dar a mesma coisa. *Macunaíma* vai sair, escrito em dezembro de 1926, inteirinho em seis dias, correto e aumentado em janeiro de 1927, e vai parecer inteiramente antropófago...".[48]

Feito o parêntese, lembra-se aqui que não foi só Oswald que agitou a roda de amigos modernistas em 1924, tornando-se foco de discussões. As atenções também se voltaram para o poeta Blaise Cendrars, que desembarcara no Brasil para uma longa visita. Na capital paulista, ele foi acolhido e ciceroneado por Paulo Prado, Oswald, Tarsila, Mário, Olívia Guedes Penteado e Goffredo Silva Telles. Em sua primeira passagem por São Paulo, acompanhando Oswald numa conversa com o presidente do estado, Carlos Campos, Blaise Cendrars acabou no palco dos tiroteios da Revolução Tenentista.

Na sua movimentada permanência no Brasil, Cendrars frequentou o circo paulistano, levado pelos amigos anfitriões. O ilustre visitante conheceu e se encantou com o palhaço Piolim (Abelardo Pinto). De acordo com testemunho de Sérgio Milliet, o poeta teria declarado que Piolim era "o maior artista do mundo".[49] Para

48 *71 cartas de Mário de Andrade*. Coligidas e anotadas por Lygia Fernandes. Rio de Janeiro: Livraria São José, 1963, p. 30.
49 MILLIET, Sérgio, "Blaise Cendrars", in Alexandre Eulalio, *A aventura brasileira de Blaise Cendrars*. São Paulo/Brasília: Quíron/INL, 1978.

Cendrars, diga-se, o circo não era novidade, porque estava em grande voga no meio artístico europeu, e fazia parte de seu cotidiano em Paris. E, diga-se, os famosos Irmãos Fratellini, que tanto agradaram Cendrars, Cocteau e Picasso, Satie e Milhaud, povoaram também o imaginário de um menino italiano, Federico Fellini, como anos mais tarde o cineasta deixou registrado no filme *Il Clown* (1970).

Em São Paulo, os barracões de circo armados na cidade atraíam os modernistas. Para eles, o palhaço Piolim era uma festa, um banquete inigualável quando surgia no picadeiro. Mas os modernistas também se interessavam pelo espetáculo como um todo. Em *Dias idos e vividos* Cândido Motta Filho, um daqueles assíduos frequentadores modernistas, escreveu que, juntando arte do povo e expressão do universo infantil, o circo era uma revolução. Segundo ele, o argumento das famílias abastadas de que o circo era "coisa para crianças e para as empregadas" foi "decisivo em favor da Semana de Arte Moderna".[50] Poucos anos mais tarde, Mário de Andrade escreveu na crônica "O circo de cavalinhos" que os modernistas não estabeleciam uma hierarquia nas artes e preferiam o circo e o cinema à *Comédie Française*. Ao elogiar Piolim, o escritor observa que ele havia superado o seu modelo, o grande palhaço Chicharrão. E argumenta:

> A comicidade de Piolim evoca na gente uma entidade, um ser. E de tanto maior importância social que essa

50 MOTTA Filho, Cândido. "Piolim e o circo de Cavalinho", in *Dias idos e vividos*. Rio de Janeiro: José Olympio/INL, 1977, p. 213.

> entidade converge para esse tipo de psicológico geral e universalmente contemporânea do ser abúlico, do ser sem nenhum caráter predeterminado e fixo, do ser "vai na onda". O mesmo ser que, apesar de suas especificações individuais, representam Carlito, Harry Langdon, os personagens de *Ulisses*, os de Proust e as tragicômicas vítimas que Pirandello inventou.

Avançando na sua aguda percepção, Mário de Andrade completa: "Nesta ordem geral do ser humano, que parece criada pela inquietação e pelas enormes perplexidades deste fim de civilização, ser que nós todos profundamente sentimos em nós, nas nossas indecisões e gestos contraditórios, é que o tipo criado por Piolin se coloca também. Dentro de toda a deformação caricata, Piolin é um ser real, embora completamente antirrealista no sentido em que foram 'Realistas' os Zolas, os Eças e os Aluísios de Azevedo".[51] Uma vez mais ele toca questões de fundo nesse arremate, formulando sua leitura a respeito de movimentos e modos de ser da arte.

No entanto, as atividades programadas para Cendrars não se limitavam às noites no circo, nem a deslocamentos entre Rio e São Paulo, ou mesmo a viagens às imponentes e prósperas fazendas de café no interior paulista. O roteiro estabelecido por aquele pequeno grupo de amigos modernistas incluía uma amostragem maior do Brasil, daí a decisão de passar uma Semana Santa em Minas Gerais. Esse acontecimento memorável ficou conhecido como "Caravana modernista de 24".

51 ANDRADE, Mário de. "Circo de cavalinhos", in *Diário Nacional*. São Paulo, 2 ago. 1931.

Como parte importante dessa comitiva, Mário de Andrade e seus amigos conheceram naquela oportunidade os mineiros Pedro Nava, Carlos Drummond de Andrade, Emílio Moura, entre outros. Dessa viagem há registros de Mário de Andrade em "Crônicas de Malazarte VIII". Ele também escreveu um poema extraordinário, o "Noturno de Belo Horizonte", que foi dedicado a Elysio de Carvalho. Reunido em *Clã do Jaboti*, o poema saiu na revista *Estética* (RJ) em 1926. Essa foi a segunda visita de Mário a Minas Gerais. A terceira viagem aconteceu em 1939. Na última, em 1944, foi recebido por Antônio Joaquim de Almeida (irmão dos poetas Guilherme e Tácito, companheiros de Mário em 1922), que era diretor do Museu do Ouro, e por sua mulher, a escritora Lúcia Machado de Almeida (irmã de Aníbal Machado). O casal acompanhou Mário de Andrade numa visita a Sabará.

Naqueles anos de 1920, o escritor publicou *Losango cáqui*, *Clã do Jaboti* e *Belazarte* (depois reformulado). Em 1926, animado pela leitura de *Vom Roraima zum Orinoco* de Koch Grünberg, Mário de Andrade deu vida à rapsódia *Macunaíma*, escrevendo a primeira redação completa em dezembro daquele ano. Depois, em 1927, saiu o idílio *Amar, verbo intransitivo*. Além disso, prosseguia em seus debates, mantinha a correspondência em ritmo acelerado, pesquisava, refundia obras. A música continuava constante no horizonte de seus estudos. Por esse tempo, Mário envia colaborações para diversos órgãos da imprensa de São Paulo, do Rio, de Minas Gerais. Em 1927, estreia no *Diário Nacional*, escrevendo aos domingos, abrindo sua coluna "Arte em S. Paulo" com a crônica "O burguês e a ópera". Ao final, registra apenas as suas iniciais "M. de A.".

Ainda em 1927, Mário mandou contribuições para a revista de arte e cultura *Verde* de Cataguazes (MG), do grupo de Rosário Fusco. No segundo número dessa revista, publicou o poema "Rondó do brigadeiro". Para o número 3, envia "O caso da cascata", que é um fragmento de *Macunaíma*. Na quarta edição, estampa-se um poema assinado por "Marioswald" — "Homenagem aos homens que agem". Mantendo o espírito lúdico, a dupla informa que aquele poema fazia parte de um livro inédito, "Oswaldário dos Andrades". Dando continuidade a sua colaboração na revista *Verde*, enviou em 1928 um pequeno texto escrito em francês — "Présentation de la jeune fille (Dolour)". E, na edição de 1929, dedicada a Ascânio Lopes (falecido no ano anterior), publicou "Vitória-Régia", indicando abaixo do título: "Rio Negro, 7 de junho". Esse texto foi extraído das anotações de sua viagem ao Norte do Brasil, realizada em 1927. Em 1929, dando continuidade às atividades e colaborações em revistas e jornais, será responsável pela coluna "Táxi" no *Diário Nacional*.

A viagem ao Norte do país teve como escopo conhecer a cultura brasileira na sua diversidade, privilegiando regiões ainda consideradas primitivas. De extrema relevância para as suas pesquisas, a viagem alimentou vivamente reflexões sobre o Brasil, fecundando obras, e levando-o a refundir partes da primeira redação de *Macunaíma*. Como Oswald e Tarsila desistiram na última hora dessa viagem já planejada, o pequeno grupo formado por Mário de Andrade, Olívia Guedes Penteado, pelas jovens Magui (sobrinha de d. Olívia) e Dulce (filha de Tarsila) zarpou do porto de Santos a bordo do navio *Pedro I*. Na sua aventura pioneira ao Norte, entre passeios e recepções,

Mário de Andrade recolheu farto material sobre a cultura, a fauna e a flora locais. Conheceu pessoas, presenciou espetáculos populares, fez registros escritos e fotográficos, como o das aves da fauna brasileira, captadas no cenário do parque Goeldi no Pará, foto que testemunha mais um de seus talentos. Ao registro em papel acrescentou a seguinte legenda: "Jardim Zoológico Museu Goeldi Belém 1927". Nessa viagem cheia de acontecimentos, suas anotações ora "telegráficas", ora mais alongadas, são praticamente diárias, como se depreende do que reuniu em 1943 para o livro *O turista aprendiz* e por outras circunstâncias no livro inacabado *Balança, trombeta e Battleship*. Por suas anotações, somos também informados sobre uma breve passagem pelo território peruano. Mário fotografa e escreve como legenda: "Partida de Iquitos — 25-VI-27 — Viva el peru" (*sic*). Uma foto a ser destacada é o flagrante de lençóis enfunados em Fortaleza, de 5 de julho de 1927), assinalada por Mário como "Roupas freudianas", conforme reproduzido no livro *Mário de Andrade — ramais e caminho*, de Telê Ancona Lopez.[52]

Escrevendo para Anita Malfatti no final de fevereiro de 1928, o escritor faz referência ao seu projeto de andanças na própria terra, dilatando territórios: "[...] eu pretendo voltar pro Nordeste em dezembro, si Deus quiser! Vou fazer uma viagem batuta colhendo toadas por Rio Grande do Norte, Ceará e pra baixo até Pernambuco onde passarei o Carnaval". Às vésperas dessa viagem, escreve ao amigo e contraparente Pio Lourenço Corrêa, que reside em Araraquara, informando-lhe que sairá de

52 LOPEZ, Telê Ancona. *Mário de Andrade: ramais e caminho*. São Paulo: Duas Cidades/SCET, 1972, p. 78.

São Paulo e irá ao Rio de Janeiro, de onde partirá para o Nordeste. Mário acrescenta que sua intenção é passar três meses estudando música popular nordestina, e que lá o aguardavam documentos separados pelos amigos e por cantadores. As anotações dessa viagem serviram de base para muitas de suas crônicas no *Diário Nacional*. Esses relatos também foram incluídos em *O turista aprendiz*. Obras como *Música de feitiçaria no Brasil*, *Danças dramáticas do Brasil* e *As melodias do boi*, para ficar nesses exemplos, atestam o quanto essas expedições foram produtivas.

Mário de Andrade viajou para o Nordeste do Brasil em dezembro de 1928 e lá permaneceu até fevereiro de 1929. Foi a vez de se encontrar com artistas como Cícero Dias e com estudiosos do folclore brasileiro, como Ascenso Ferreira, Câmara Cascudo, Adhemar Vidal, José Américo de Almeida e Antônio Bento de Araújo Lima. Com a sua curiosidade voraz, Mário via e anotava, amealhando mais e mais dados sobre a vida brasileira. De passagem por Natal, registra: “6 de janeiro, 22 horas. Hoje é dia ‘dos Santos Reis’ que inda se diz por aqui, segundo dia grande pras danças dramáticas nordestinas. Pelo Natal saíram a Chegança e o Pastoril. Pelos Reis sai o Bumba meu Boi”.[53] No dia seguinte já está no Engenho Bom Jardim, no Rio Grande do Norte, onde viveu dias e noites de intensa atividade. Ali recolheu farto material, alargando campos de sua pesquisa. Encontrou amigos, conversou com homens simples, ouviu cantadores nordestinos. E foi nesse engenho que conheceu o coqueiro Chico Antônio e dele se tornou grande admirador. Mário

53 ANDRADE, Mário de. *O turista aprendiz*. Belo Horizonte: Itatiaia, 2002, p. 238.

de Andrade também levou avante o estudo dos cocos. Passou das suas origens aos processos de influência e mecanismos de organização. Analisou sua estrutura, observando ritmo, rima e outras particularidades dessa modalidade musical. Seus minuciosos registros encontram-se no livro *Os cocos* (publicação póstuma), organizado por Oneyda Alvarenga.

Mostrando a diversidade de seus interesses pela cultura popular, Mário de Andrade publicou em 1928, na recém-lançada *Revista de Antropofagia*, "O romance do Veludo". No texto informa que Veludo seria supostamente um palhaço preto que perambulava pela região de Araraquara. Para essa primeira fase da revista também enviou "Lundu do escravo".

Há mais em torno de sua presença na revista, e vale retomar alguns passos. No início de 1928, Tarsila deu de presente de aniversário para Oswald de Andrade um óleo sobre tela que na oportunidade foi sagrado com o título de *O Abaporu* ("O homem que come"). O quadro foi impulsionador da antropofagia, movimento criado por Oswald de Andrade e Raul Bopp. O "Manifesto Antropófago", lavrado por Oswald, foi publicado em maio do mesmo ano, no primeiro número da *Revista de Antropofagia*. Na ocasião, estava saindo do prelo a rapsódia *Macunaíma: o herói sem nenhum caráter*, de Mário de Andrade. A obra foi anunciada com entusiasmo por Oswald de Andrade, que a coloca nos píncaros: "Mário escreveu nossa Odysseia e creou duma tacapada o heroe cíclico [...]". O capítulo de abertura da rapsódia foi reproduzido no segundo número da *Revista de Antropofagia*, em junho de 1928, com o seguinte cabeçalho: "A entrada de 'Macunaíma'". Entre as muitas demandas de Mário de

Andrade, a cultura brasileira, a língua de expressão local e relações sociais de monta ocupam nessa obra um lugar de destaque e de radicalização.

Conhecedor em profundidade da língua portuguesa, mas fazendo questão de escrever em "brasileiro", Mário de Andrade fincou na escrita usos dialetais, pronúncias comuns, termos da comunicação oral que resultaram em marcas inconfundíveis de seu estilo: "milhor", "pra", "pro", "si" (se), "sinão", "quasi", "duma", "numa", "inda". Esses e muitos outros termos e expressões, que também gravam particularidades de sua escrita, foram incluídos na sua *Gramatiquinha da fala brasileira*, obra que deixou inconclusa. Nesse estudo crivado de leituras e de exemplicações, baseado em autores brasileiros e portugueses, suas análises interpretativas avançam pelo campo da fonologia, lexiologia, sintaxe e estilística. Os questionamentos a respeito dos usos da língua local e as ousadias por ele praticadas, porém, nem sempre foram aceitos ou compreendidos pelos próprios pares. Oswald foi um dos que se levantaram a favor, acrescentando no referido comentário sobre *Macunaíma* que o autor da rapsódia criava "por cincoenta anos o idioma poético nacional".[54] Mas, apesar da proximidade entre os dois Andrades, da admiração recíproca sobre seus talentos, e de rasgados elogios à obra, a sempre conturbada relação de amizade com Oswald passava por momentos espinhosos, e não duraria muito.

Com publicações tão importantes despontando, não seria demais repetir que, atravessado pelo espírito

54 ANDRADE, Oswald de. "Schema de Tristão de Athayde", in *Revista de Antropofagia*, n. 5, set. 1928.

satírico, o modernismo brasileiro foi animado pelo princípio de negação, na medida em que rechaçou o duvidoso gosto oficial, suas normas de bem falar e de bem escrever, aliado a sua visão de mundo. Negou-o para dar estatuto literário à linguagem da comunicação diária e às vozes da rua, para privilegiar a mistura do popular e do culto a fim de melhor traduzir a expressão da terra. E isso significou fazer oposição ao espírito colonizado, ao qual, sempre se mostrou subalterna deixando-se submeter aos padrões da metrópole.

Segundo Mário, o espírito colonizado tornava a elite envergonhada, guiando-se pela "preocupação de não errar". Assim também avaliou um personagem de *O banquete*,[55] que, para firmar sua visão crítica, deu como exemplo a "Carta pras icamiabas" do herói Macunaíma. Trata-se de uma carta escrita de modo canhestro, mas com fumos de português castiço. Nela o "herói de nossa gente" se desmancha em reverências aos valores e aos padrões culturais e linguísticos europeus. Deslumbrado com a civilização do dinheiro, e admirado com aquelas pessoas que falam numa língua e escrevem em outra, Macunaíma processa seu texto no que julga ser o "português de lei", sem se dar conta da sucessão ininterrupta de tropeços que comete no fluxo da escrita. Involuntariamente sua carta resulta, às avessas, num conjunto estropiado. Nessa mistura convergem o alto e o baixo, o sagrado e o profano, o sério e o cômico.

Em *Macunaíma* Mário de Andrade revolveu o universo da cultura popular amoldada no país, garimpando

55 ANDRADE, Mário de. *O banquete*. São Paulo: Duas Cidades, 1977, p. 76.

dados em vários cantos do Brasil. E esse foi um projeto de vida. Para Gilda de Mello e Souza, "o conceito de *brasilidade* de Mário de Andrade era complexo e integral, mas não impediu que um de seus alvos — a pesquisa de linguagem — se transformasse em motivo de discórdia dentro do grupo modernista. Nenhum dos companheiros aceitava sem reserva a sistematização da fala brasileira que ele procurava impor, e provavelmente só Manuel Bandeira continuava lendo e discutindo, com disciplina e lucidez, os prefácios e notas que acrescentava aos trabalhos".[56]

Na década de 1920, Mário de Andrade prosseguiu seus estudos da língua alemã para se informar sobre as artes (em especial o expressionismo, que continuava estudando), atualizar a leitura de revistas e também para melhor decifrar a obra de Freud, de que foi um leitor atento e muitas vezes contestador. Em março de 1928, por exemplo, escreveu a Alceu de Amoroso Lima sobre o equívoco de concluir que na fatura de *Amar, verbo intransitivo* publicado um ano antes, havia intenção de satirizar Freud. Depois de firmar sua admiração, Mário de Andrade faz restrições à "generalização sexualista" de Freud, que, a seu ver, era praticada mais pelos seguidores. Quanto às caçoadas, considera serem dirigidas a ele mesmo como autodefesa, admitindo as influências de Freud, na obra.

No firme propósito de alargar perspectivas críticas, como se observa, Mário de Andrade peregrinou pela filosofia, psicologia, filologia, sociologia e estética. Dedicou-se aos estudos etnográficos e à pesquisa do

56 SOUZA, Gilda de Mello e. "O professor de música", in *A ideia e o figurado*. São Paulo: Duas Cidades/Editora 34, 2005, p. 19.

nosso folclore, leu historiadores e cronistas da descoberta. Em meio a essa multiplicidade de leituras, Mário de Andrade mantinha em dia, e com aferrada disciplina, a correspondência com amigos, por isso deixou um legado vasto, complexo e inestimável, que não só nos ajuda a perfilar o artista como dá subsídios para a compreensão de sua figura humana, da visão do mundo e do entendimento do Brasil. Interlocutor incansável, a constante conversa de Mário de Andrade por cartas é sem parâmetros a mais extensa e profunda prosa epistolar estabelecida entre escritores brasileiros, além de ser um extraordinário manancial de discussões sobre estética, música, prosa e poesia. Nessa troca diária, o escritor envia poemas em progresso, ou já terminados, para serem comentados. Também aconselha, discute artigos, acata ou revida críticas sobre seu trabalho, formula outro tanto de questionamentos sobre trabalho alheio. Embora seja muito discreto em relação à intimidade dos amigos, não se furta em relação a si mesmo e abre-se com franqueza, expondo angústias, alegrias, desavenças, irritações de momento.

De próprio punho, ou datilografada na sua Manuela (como batizou sua máquina de escrever), a comunicação por carta flui ao sabor da fala, numa linguagem afetiva, vivaz e inventiva. Faz observações sobre o cotidiano, traz palavras de acolhimento e ternura, duvida, assevera, tanto em situações descontraídas como nas primeiras aproximações mais formais. A maior parte dessa correspondência começa na década de 1920. No rol de interlocutores da primeira hora estão Tarsila do Amaral, Anita Malfatti, Carlos Drummond de Andrade, Fernando Sabino, Oswald de Andrade, Alceu Amoroso

Lima, Pio Lourenço Corrêa e Pedro Nava. Na década de 1930 somam-se Henriqueta Lisboa, Oneyda Alvarenga, Murilo Miranda, Rodrigo Mello Franco de Andrade, Newton Freitas, Otávio Dias Leite, Alberto Lamego e outros mais. Alguns foram correspondentes pela vida afora. A sua mais constante e densa conversação por carta foi a que manteve com o poeta e amigo Manuel Bandeira. Com pouca interrupção, essa troca de cartas data de maio de 1922 a setembro de 1944. Para destacar a importância da atividade epistolar do escritor, transcrevo palavras de Antonio Candido, que foram destacadas pela coordenação editorial da *Correspondência Mário de Andrade & Tarsila do Amaral*: "A sua correspondência encherá volumes e será porventura o maior monumento do gênero, em língua portuguesa: terá devotos fervorosos e apenas ela permitirá uma vista completa da sua obra e do seu espírito".[57]

Em 1929, ano marcado por crises profundas no país, por rupturas drásticas no grupo modernista, pela cisão entre amigos, por conflitos pessoais e por convicções abaladas, Mário de Andrade confessava a Alceu de Amoroso Lima: "[...] talvez devido às amarguras eu tenha exagerado um pouco o meu estado de espírito de agora. Nada de fundamental se modificou em mim [...]. É certo que estou no momento atual numa

57 CANDIDO, Antonio, "Mário de Andrade", *Revista do Arquivo Municipal*, n. 106, edição fac-similar n. 198, São Paulo, Departamento do Patrimônio Histórico, 1990, p. 69. Apud CASTELLO, José Aderaldo; MORAES, Marcos Antonio de, e LOPEZ, Telê Ancona. "A Coleção Correspondência Mário de Andrade", in: *Correspondência Mário de Andrade & Tarsila do Amaral*. Organização, introdução e notas de Aracy Amaral. São Paulo: Edusp/Instituto de Estudos Brasileiros, 2001, p. 11.

irritação muito forte. Mas não é contra o catolicismo. É precisamente contra os católicos. [...] Mas você também há de sentir que existe hoje uma 'moda católica' que, profícua ou não pros almofadinhas dela, há de irritar com nitidez um espírito como o meu".[58] Em meio a tudo isso, estava prestes a findar o casamento de Tarsila do Amaral com Oswald de Andrade. Também Mário vivia momentos sérios em seus desentendimentos com Oswald. Eram gerados por agressões pessoais, com outro tanto de desentendimentos envolvendo seu irmão Carlos, como Paulo Duarte registrou em *Mário de Andrade por ele mesmo*. Sobre isso, fez desabafos em cartas endereçadas a Drummond e a Bandeira.

Com a separação de Tarsiwald (como a eles se referia), Mário colocou-se ao lado da querida amiga. Mas os contatos com a artista ficarão restritos à correspondência, uma vez que Tarsila sairá do país para uma longa temporada na Europa com seu novo par, o psiquiatra Osório César. Foi nesse período que ela conheceu a União Soviética. Em julho de 1931, escreveu de Leningrado pedindo que Mário enviasse seus trabalhos a um estudioso de literatura hispano-americana, que preparava verbetes para uma enciclopédia soviética. Quer textos de Mário e de outros modernistas. Lembra-se do amigo ao ver a coleção de ícones de um museu. No pé da página Tarsila projeta um esboço daquela cidade que se alonga à beira do rio.

Marcava-se o fim de um ciclo. Mário de Andrade entendeu esse período glorioso de ação e contestação

58 Carta de 14 de julho de 1929, in *71 cartas de Mário de Andrade*. Coligidas e anotadas por Lygia Fernandes. Rio de Janeiro: São José, 1963, p. 36.

como um momento fundamental, sintoma de uma transformação maior que se precipitou com a crise de 1929 e resultou na revolução deflagrada em 1930, quando se afrontou o poderio político da oligarquia paulista. Como consequência, o presidente eleito Washington Luís foi deposto pela revolução liderada por Getúlio Vargas. Ressalve-se, porém, que àquela altura o velho poderio paulista já estava enfraquecido devido à derrocada econômica do seu mais importante produto de exportação, o café.

No prefácio crítico e autocrítico que escreveu em 1933, para sua obra *Serafim Ponte Grande*, Oswald de Andrade foi inclemente com o movimento modernista. Dele salvou a rapsódia de Mário:

> O movimento modernista, culminado no sarampão antropofágico, parecia indicar um fenômeno avançado. São Paulo parecia um poderoso parque industrial. Quem sabe se a alta do café não ia colocar a literatura nova-rica da semicolônia ao lado dos custosos surrealismo imperialistas?
> Eis porém que o parque industrial de São Paulo era um parque e transformação. Com matéria-prima importada. Às vezes originária do próprio solo nosso. Macunaíma.

UM VALOR MAIS ALTO: DE 1930 A 1945

> *Água do meu Tietê,*
> *Onde me queres levar?*
> *— Rio que entras pela terra*
> *E que me afastas do mar...*

Esses versos, extraídos de *Lira Paulistana*, encabeçam o longo poema "A meditação sobre o Tietê", que Mário de Andrade começou em 1944 e concluiu em 12 de fevereiro de 1945, poucos dias antes de sua morte. Essa foi a última obra poética concluída pelo escritor. Em carta a Henriqueta Lisboa, datada de 20 de janeiro daquele ano, ele informa que o poema está concluído, que está apenas acertando arestas.

Nas décadas de 1930 e 1940, o mundo está novamente ameaçado no plano político, econômico e social. Serão tempos da revolução de 1930 e da ditadura de 1937, no Brasil, imposta pelo Estado Novo. Tempos da Guerra Civil Espanhola (1936) e dias sombrios na União Soviética, com os expurgos de Stalin. E, não bastasse, irrompia na Europa uma avassaladora onda de perseguições raciais, alimentando a fúria desenfreada e a famigerada Segunda Guerra Mundial, de 1939 a 1945, movida pela Alemanha, liderada por Hitler, com massacres sem precedentes no século XX. Mário de Andrade se posiciona, escreve, toma partido. Àquela altura da vida, acredita com convicção que o intelectual tem obrigações como cidadão. Procurando definições, no início da década, Mário apoiou a princípio a revolução de Vargas, colocando-se contra as oligarquias paulistas. Logo mais, revendo sua atitude, tomou posição contrária e apoiou o Movimento Constitucionalista de 1932, ocorrido em São Paulo. Em 1937, posicionou-se abertamente contra o Estado Novo.

No jornalismo, continuou com a sua coluna no *Diário Nacional*, escrevendo aos domingos. Em 30 de novembro de 1930, publica a crônica "Comunismo", lembrando que o termo era demonizado no Brasil e, em geral, usado para malversar ideias e confundir as pessoas. Explica que palavras como "república" e "comunismo" eram utilizadas equivocadamente. Na sua argumentação assinala que "no fundo e popularmente, o que nós somos, somos eternamente uns homens da caverna. Primários e apavorados".[59] No parágrafo anterior dessa mesma crônica, Mário de Andrade apresentou o problema nos seguintes termos:

> Comunismo pra brasileiros é uma espécie de assombração medonha. Brasileiro nem bem escuta a palavra, nem quer saber o que é, fica danado. Bem, é verdade que danação de brasileiro tem cana-de-açúcar pra adoçar, baunilha pra perfumar e no fim um sorvo de caninha de alambique de barro, bem boa pra rebater: acaba tudo em dança. Mas nem por isso deixa de ser dum ridículo cansativo esse apavorante pânico que tomou o Brasil por ordem da Inglaterra.[60]

A correspondência com Alceu Amoroso Lima também atesta esse ponto de vista. No tocante aos desfechos, a história logo mostrou que as perseguições ideológicas e os canais de tortura (física e moral) usados pelo estado de exceção desmentiram aquele juízo precipitado de que tudo pudesse terminar em doçura e dança. E Mário, um pouco mais tarde nesse mesmo decênio, terá plena consciência desse equívoco.

Naqueles tempos de intensa movimentação política e social no Brasil, aconteceu uma insurreição

59 ANDRADE, Mário de. "Comunismo", in *Táxi e crônicas no* Diário Nacional, Estabelecimento de texto, introdução e notas de Telê Ancona Lopez. São Paulo: Duas Cidades/SCET, 1976, p. 282.
60 Idem. Op. cit., p. 281.

político-militar promovida pelo Partido Comunista Brasileiro (PCB), conhecida como Revolução Vermelha de 1935. Seu intuito era derrubar o governo de Vargas. A insurreição foi chamada pelos adversários de Intentona Comunista, nome que ficou gravado na história oficial. O líder do levante foi Luís Carlos Prestes, capitão do Exército brasileiro. Foi ele também que, anteriormente, na década de 1920, saiu com um contingente de homens do Rio Grande do Sul para se juntar aos combatentes de Isidoro Dias Lopes. Data de 1925 a marcha que realizou pelo Brasil, conhecida como Coluna Prestes. Essa façanha durou até 1927. No final dos anos 1930, por suas atuações políticas, Prestes foi chamado de "O Cavaleiro da Esperança". Como se vê, cada época com seu vocabulário-fantasma: futurismo, depois comunismo, trotskismo, socialismo. Em um momento de posições radicais, marcado por turbulências internas, o país subdesenvolvido escancarava faces da extrema pobreza em que vivia a maior parte de sua população. Vários intelectuais se solidarizaram e se sensibilizaram em face das graves questões sociais que afetavam a sociedade brasileira: a miséria, a situação indigente do negro, o desprezo e o desrespeito para com a precária condição do índio.

A partir da década de 1930, muitos escritores voltaram seus temas para essas causas populares. Atento a isso, Mário de Andrade considerou que os compromissos com a arte não podiam ser barateados para satisfazer imediatismos com soluções de superfície. Em "A raposa e o tostão", ensaio de seu livro *O empalhador de passarinho*, escreveu: "Em literatura o problema se complica tremendamente porque o seu próprio material, a palavra, já começa por ser um valor impuro; não é meramente estético como o som, o volume, a luz mas um elemento imediatamente interessado, uma imagem aceita como força vital, tocando por si só os pensamentos e os interesses do ser".[61] A propósito disso, Mário argumenta: "O artista de mais nobres intenções sociais, o poeta mais deslumbrado ante o mistério da vida, o romancista mais piedoso ante o drama da sociedade poderão perder até noventa por cento do seu valor próprio si não tiverem meios de realizar suas intenções, suas dores, seus deslumbramentos. Ou então qualquer contista de semanário religioso seria milhor que Machado de Assis!".[62]

Nesse exame que faz da vida artística no Brasil dos anos 1930, Mário de Andrade começa por elogiar a década como "um dos períodos mais brilhantes", sobretudo na literatura. Depois, adverte que, ao lado de excelentes escritores como Graciliano, Murilo Mendes, José Lins do Rego, Jorge de Amado, "há os tostões". Nesse texto Mário de Andrade tece considerações de caráter geral sobre a arte, afirmando que muitos escritores estavam substituindo a técnica por intenção social. Justifica-se, lembrando existir "uma legião de moços de incontestável valor, mas apressados, inteiramente despreocupados de arte, ignorantes dos problemas da forma, na mais paradisíaca e melancólica convicção de que escrever romances e poemas é deixar correr a pena sobre o papel".[63]

No entender de Mário de Andrade, não importa se a arte é interessada ou não. O que de fato interessa é o

61 "A raposa e o tostão", in *O empalhador de passarinho*. Belo Horizonte: Itatiaia, 2002, p. 110.
62 Idem, ibidem, p. 109.
63 Idem, ibidem, p. 107.

cultivo estético, que não pode ser abandonado. Se o modernismo fez esforço para abrir "portas à liberdade da criação", o que se via naquele momento era "todas as muralhas" sendo transformadas em ruínas. Nessa defesa da arte, Mário de Andrade sublinhou que não se podiam confundir forma e fôrma, aduzindo que essa tinha sido uma fragilidade do parnasianismo. Na sua argumentação, o escritor retoma e critica cinco aspectos essenciais do parnasianismo, afirmando que esse movimento destruiu "a fluidez da palavra, a elasticidade das construções poéticas, a expressividade dos ritmos (substituindo por métricas de zé-pereira), pingo de rima que virou rima rica, exatidão de linguagem virou subserviência à gramática".[64] Ele contrasta essa poética passadista, presa a amarras, e cheia de certezas, com as propostas do modernismo da década de 1920, então criticadas pelos detratores por seu caráter destrutivo. Em defesa do radicalismo das propostas do movimento modernista, e de uma obra que o tempo mostrou ser um dos pontos altos de nossa literatura, toma como exemplo a criação poética de Manuel Bandeira: "Os que desejarem saber o que significavam dissolução e libertinagem nos que estavam um bocado conscientes em 1922, vão procurá-las em Manuel Bandeira [*Libertinagem* e *Ritmo dissoluto*], este um escritor culto, um esteta, que sabe o dinamismo de um ritmo, o segredo de adequação de uma forma ao seu conteúdo, o valor da expressão linguística exata, e o perigo de uma palavra em falso, capaz de sacrificar uma mensagem".[65] Mário conclui,

64 Idem, ibidem.
65 Idem, ibidem, pp. 107-8.

então, que foram "os maus modernistas" que se colocaram contra a cultura.

Impulsionado pelo ritmo dos novos tempos, e considerando a necessidade de melhorar as condições educacionais e culturais da coletividade, Mário de Andrade aceitou o convite para ocupar o cargo de diretor-geral e o de chefe da Divisão de Expansão do Departamento de Cultura de São Paulo, em 1934, na gestão do prefeito Fábio Prado. Adiante-se que, também à frente do Conselho de Educação Artística do Estado, Mário construiu uma brilhante carreira, embora breve. Sobre seu desempenho, muitos depoimentos de intelectuais e conversas por carta — Bandeira, Drummond, Rubens Borba de Moraes — podem ser arrolados. A propósito de sua atuação no setor de artes plásticas, há um registro feito por Moacir Werneck de Castro que merece destaque. Na gestão de Mário de Andrade, informa ele, "as artes plásticas também foram beneficiadas, notadamente com a implantação de museus de reproduções e de uma escola de gravura". E, na sequência, explica num longo parêntese para destacar a visão atilada e inovadora de crítico:

> (Em artigo seu sobre museus populares, Mário de Andrade reivindicava a "desaristocratização da obra-prima, do exemplar único, devido aos admiráveis processos de reprodução atuais", já antes do conhecido ensaio de Walter Benjamin sobre "A obra de arte na época de sua reprodutibilidade técnica"). Foi devidamente valorizado o cinema educativo, exibiram-se filmes em sessões gratuitas, fizeram-se concursos de peças teatrais.[66]

66 CASTRO, Moacir Werneck de. *Mário de Andrade: exílio no Rio*. Rio de Janeiro: Rocco, 1989, p. 48.

No exercício do cargo, à frente do Departamento de Cultura, Mário de Andrade criou a Discoteca Pública Municipal, convidando sua ex-aluna, a musicóloga Oneyda Alvarenga para dirigir o setor. A Divisão de Bibliotecas coube ao jornalista e historiador Rubens Borba de Moraes. O crítico Sérgio Milliet foi nomeado para a Divisão de Documentação Histórica e Social e para a Divisão de Turismo e de Recreio e Divertimentos Públicos. Nessa missão pioneira, Mário criou parques infantis, introduziu estudos etnográficos e implantou setores de estudos voltados para a discografia.

À frente desse departamento, tomou outras iniciativas importantes: fundou a Sociedade de Etnografia e Folclore; criou o curso de Etnografia e Folclore, ministrado pelo antropólogo Claude Lévi-Strauss e sua mulher, a antropóloga e etnógrafa Dina Dreyfuss Lévi-Strauss; realizou o Primeiro Congresso da Língua Nacional Cantada com a participação de instituições voltadas para estudos de arte e de pedagogia. Nessa tarefa, contou com a presença de musicólogos, filólogos e compositores. De acordo com Oneyda Alvarenga, em 1938 o Departamento de Cultura, ainda na gestão de Mário, enviou uma "Missão de Pesquisas Folclóricas" ao Norte e Nordeste do país, o que permitiu a realização de estudos pioneiros sobre o tema na América Latina. Dessa expedição há registros fotográficos de instrumentos, todos numerados e guardados na Discoteca Pública de São Paulo. Os dados dispostos em fichas informam sobre o urucungo ou berimbau, violas, maracá, pandeiro de boi, atabaques, flautas de taboca, ganzá, agogô, caxixi; piano de cuia e outros mais. As descrições e as fontes foram anotadas por Mário de Andrade. Cioso de seu trabalho como pesquisador, pró-memória, ele cultivou com paciente tenacidade as informações que recolhia, registrando-as em fichas. Sobre esse trabalho diligente, o crítico Mário da Silva Brito asseverou: "Se há homem organizado entre nós, intelectual que trabalha com método e leva uma vida inteiramente dedicada a seu mister, esse é Mário de Andrade".[67]

Na esfera das realizações institucionais promovidas pelo escritor, o jornalista Joel Silveira lembra que "por iniciativa de Mário de Andrade deu-se andamento em São Paulo das Primeiras Casas de Cultura Proletária, cuja organização técnica lhe pertence". Isso foi relatado em forma de reportagem[68] a partir de uma entrevista do escritor concedida em 1939 a Joel Silveira, esse "Encontro com Mário de Andrade", o teor da conversa que travou com o escritor também foi registrado pelo jornalista.

Esses e outros exemplos mostram o quanto Mário de Andrade voltou suas preocupações institucionais para as pessoas mais humildes e se empenhou em dignificar a formação com olhos voltados para as crianças pobres. À frente do Departamento que dirigia, batalhou em favor da cultura popular e da preservação da memória local, conseguindo criar acervos, estabelecer procedimentos de pesquisa, formar quadros capacitados e estimular o

67 BRITO, Mário da Silva. "1943 — Uma excursão pelo fichário de Macunaíma — reedições, novas obras e planos de futuros trabalhos de Mário de Andrade — o mais organizado intelectual do Brasil", in *Diário de S. Paulo*, 2 dez. 1943. Texto reproduzido em *Mário de Andrade — Entrevistas e depoimentos*. Org. de Telê Ancona Lopez. São Paulo: T. A. Queiroz, 1983, p. 93.
68 SILVEIRA, Joel. "Encontro com Mário de Andrade", in Op. cit., p. 57.

exame e o aprofundamento de estudos dos materiais colocados à disposição do pesquisador. Mesmo com sua incansável atuação, não conseguiu realizar tudo o que desejou. O que fez, porém, ainda hoje se mantém como modelo. E, diga-se, partia sempre do zero.

A política cultural adotada por Mário de Andrade, por exemplo, trouxe as inovadoras bibliotecas ambulantes, com furgões destinados a transportar livros para os bairros periféricos da cidade. Foi pioneiro ao instituir os parques infantis da Prefeitura de São Paulo. Estimulou o setor de arte e educação para crianças e adolescentes. Nesse particular, seu interesse remonta ao final da década de 1920. Em novembro de 1930, Mário enviou para o *Diário Nacional* o artigo "Pintura infantil", em que se mostra preocupado com o fazer e com o olhar para a arte. Reporta-se à exposição dos alunos de Anita Malfatti, outra pioneira nesse campo. Mais tarde, em 1941, voltou a escrever sobre o tema em "Pintura e assunto" e "As escapatórias do amor". Os dois últimos artigos foram divulgados na publicação *Mário de Andrade e a criança*, apresentada por Ana Mae Barbosa, "Mário de Andrade e a arte-educação", e no artigo "Mário de Andrade e o artesanato da criança", de Telê Ancona Lopez. À frente do Departamento de Cultura de São Paulo, Mário de fato provocou "uma autêntica revolução cultural", como Rubens Borba de Moraes declarou em entrevista (1972) concedida a José Augusto Guerra.

Apesar de todos seus esforços e das realizações arrojadas e inéditas, foram várias as barreiras que o escritor encontrou para conseguir seus intentos. Muitos de seus projetos foram suspensos com a sua saída do Departamento de Cultura. Discordando da nova gestão executiva do município de São Paulo, Mário de Andrade demitiu-se do cargo em 1938. Profundamente desgostoso, mudou-se para o Rio de Janeiro, então a capital da República, onde viveu de 1938 a 1941. Levou pouca coisa para a nova morada. Em São Paulo deixou o secretário José Bento Faria Ferraz (Zé Bento) cuidando de tudo com sério desvelo.

Interessado na preservação do patrimônio histórico, criou o anteprojeto do futuro Serviço do Patrimônio Histórico e Artístico Nacional (SPHAN). No Rio de Janeiro, escreve em 1939 ao amigo Joaquim Álvares Cruz, contando de sua vida e atribuições de trabalho:

> Estive em São Paulo por cinco dias e desta vez, mais firme que nunca na intenção de visitar você, abraçar o Heraldo [afilhado de Mário, filho de J. A. Cruz] e ver todos, ouvir e contar coisas na boa amizade. Foi mais uma vez impossível. [...] Que vida, companheiro antigo!... Milhares de sendas aventurosas, alma (e agora corpo) dispersos pelas incógnitas amoráveis da arte e do Brasil. Às vezes sorrio melancolizado em tamanha dispersão. Agora dirijo o Instituto de Artes, da Universidade do Distrito Federal, onde leciono Filosofia e História da Arte. Além da direção, as duas cadeiras pesadas me obrigam a forte estudo. [...][69]

Foi em 1939 que Mário de Andrade começou a escrever *Quatro pessoas*. Nos dias 17 e 18 de fevereiro daquele ano

69 Carta a Joaquim Álvares Cruz divulgada por Aloísio Álvares Cruz, in "Mário de Andrade antes da Semana de 22", revista *Arca*. Porto Alegre: Paraula, 1993, p. 15.

redigiu um esquema para o romance. Como ele próprio revela, elaborou notas com caracterização das personagens; outras também com caracterização das personagens, mas pondo-as em confronto, e ainda registros de ação (cenas). A redação em progresso estava com cerca de noventa páginas, com muitas notas para a sua continuidade, quando decidiu interromper o trabalho. Posteriormente, em dezembro de 1943, ao ser indagado por Mário da Silva Brito sobre *Quatro pessoas*, o escritor explicou que tinha sido impossível continuar a obra sabendo da "queda de Paris", e diante dos reveses da guerra.[70] Antes dessa entrevista, deu as mesmas justificativas a Oneyda Alvarenga, em carta datada de 1940: "[...] estava escrevendo [*Quatro pessoas*] no Rio de Janeiro quando a notícia da queda de Paris me estarreceu. Não era mais possível preocupar-me com o destino de quatro indivíduos — envolvidos em dois casos de amor — quando o mundo sofria tanto e a cultura recebia um golpe profundo. Desisti".[71]

A propósito dessa obra, Telê Ancona Lopez observa: "*Quatro pessoas* pode, lembrando o gosto de Mário de Andrade pelas estruturas musicais, ser comparado ao quarteto; as personagens aproximam-se, formam-se em conjuntos, fundem-se neste ou naquele motivo; afastam-se no contraponto, recortam-se sozinhas".[72]

Cumprindo um papel relevante na vida brasileira, Mário de Andrade continuou pondo em prática sua militância crítica, escrevendo para o *Diário de S. Paulo* nas

70 ANDRADE, Mário de, in *Entrevistas e depoimentos*. Org. de Telê Porto Ancona Lopez. São Paulo: T. A. Queirós, 1983, p. 96.
71 Carta a Oneyda Alvarenga, p. LI.
72 LOPEZ, Telê P. Ancona. "Um romance inacabado" (orelha), in ANDRADE, Mário de. *Quatro pessoas*. Belo Horizonte: Itatiaia, 1985.

décadas de 1930 e 1940, trazendo muitas análises sobre o cotidiano da cidade e a vida brasileira, sobre arte e artistas, na tentativa de erigir uma concepção que pudesse dar conta do problemático caráter nacional e da mixórdia nele configurada. Avançando nessa direção, em 1935 posiciona-se em carta endereçada a Sousa da Silveira:

> [...] Tenho horror das fronteiras de qualquer espécie, e não encontro em mim nenhum pudor patriótico que me faça amar mais, ou preferir, um brasileiro a um hotentote ou francês. Minha doutrina é simplória. Se trabalho pelo Brasil, é porque sei que o homem tem de ser útil e a pena tem de servir. E eu seria simplesmente inútil e sem serviço, se com minhas forças poucas, sem nenhuma projeção internacional, eu trabalhasse pela Conchinchina, ou agora, pela Etiópia. Essa é a razão do meu nacionalismo. Na verdade sou um homem-do-mundo, só que resolvido a aproveitar suas próprias possibilidades.[73]

A grande preocupação de Mário de Andrade com o país se ajusta ao problema. É isso que o faz estudar a língua falada no Brasil, interessar-se pelo folclore, pelas danças e músicas populares, e a refletir sobre o papel que o povo desempenha em nossa cultura. Este foi um trabalho constante e cheio de atalhos, no qual entrou de corpo e alma, utilizando como ferramentas a literatura e a música, e ajudado por outros instrumentos que derivam de seus estudos de psicologia e de antropologia.

73 Carta a Sousa da Silveira, 26 de abril de 1935, in ANDRADE, Mário de. *Macunaíma: o herói sem nenhum caráter.* Ed. crítica de Telê Ancona Lopez. Paris/São Paulo: Archivos/Unesco/CNPq, 1988, pp. 415-6.

Quer encontrar "raízes" e "galhos" desse complexo, mal-acabado, contraditório e enigmático Brasil que incansavelmente procura desvendar.

Mas, Mário refletia sobre o país ao mesmo tempo em que atualizava seu repertório, munindo-se de outras leituras. Conta Antonio Candido que por volta de 1943 ou 44 ele entrou em contato com o *New criticism* (Nova crítica norte-americana) através de Mário de Andrade. Dele recebeu de presente um livro que o escritor tinha em duplicata – o anuário de um simpósio sobre problemas críticos, realizado em 1942 na Universidade de Columbia (EUA). Antonio Candido relata que ficou impactado com um dos ensaios, "The poem as an organism", escrito por Cleanth Brooks. A partir daí procurou aprofundar suas leituras sobre esse novo campo da crítica.

Quando o escritor retorna do Rio de Janeiro para São Paulo em 1941, a casa da rua Lopes Chaves já não tem o brilho, nem faz ecoar as vozes que animavam as reuniões acaloradas do antigo salão da década de 1920, mas, moto contínuo, ela foi se enchendo cada vez mais de livros e de obras raras. Por ali passavam alguns amigos. E ali estavam a escrivaninha para a correspondência, o piano, uma enormidade de obras literárias e uma seleta coleção de objetos. Em suas paredes há um vivo diálogo com a arte de seu tempo: Ferdinand Léger está presente em *Composição*, num guache sobre papel. As tintas de Lasar Segall fazem um retrato de Mário de Andrade. A arte de Tarsila é imprescindível — e, numa de suas telas, "locomotivas e bichos nacionais/ geometrizam as atmosferas nítidas" (como traduzido nos versos de Oswald). Uma encomenda de Mário a d. Olívia Penteado, o quadro *O futebol* de André Lhote — figura quebrada em muitos ângulos —, provoca o olhar do modernista. A aquisição foi feita em 1924, como se lê na correspondência com Tarsila e Bandeira. Há desenhos de Picasso e de Chagall que, com Cícero Dias, orquestram inquietações no observador, dono da casa. O espaço é dividido com *O homem amarelo* (1917), a já mencionada obra-prima de Anita Malfatti, óleo sobre tela onde vibram as cores sobrepostas em camadas, ganhando luminosidade e vida pelo movimento vigoroso das pinceladas largas e agrestes da fase expressionista da artista.

Há gravuras chinesas e japonesas, coabitando com Dürer e Rugendas, Di Cavalcanti e Guignard. Nas paredes vislumbram-se pânico e desespero talhados pela mão firme de Lívio Abramo, nas xilogravuras que estampam memórias ainda recentes da guerra civil na Espanha franquista. Na vizinhança da parede há garças e peixes noturnos, que saem dos sulcos profundos de outro gravurista genial, Oswaldo Goeldi. E são mais de seiscentas obras, espalhadas pela casa de três andares da rua Lopes Chaves. Por meio delas, também, Mário constrói diálogos com as artes, cruza o mundo em muitas vertentes contemporâneas, entrança cultura popular e a tradição culta, construindo novas rapsódias. E isso é parte de sua sensibilidade acurada, do universo de seu labor intelectual, das leituras noite adentro, das notações marginais, da disposição sempre presente para aprender, aguçar o olhar, reconhecer o novo.

No ensaio "O colecionador e a coleção", em que apresenta o catálogo de obras pertencentes a Mário de Andrade, do acervo do Instituto de Estudos Brasileiros (USP), Gilda de Mello e Souza desenha uma figura plural de Mário de Andrade pela observação meticulosa de algumas pinturas. Em certa passagem, para perfilar o artista, recolhe palavras de Mário de Andrade: "Quando defronto o quadro feito pelo Flávio [de Carvalho] sinto-me assustado, pois vejo nele o lado tenebroso de minha pessoa, o lado que eu escondo dos outros".[74]

Assim Gilda pinça o escritor passando do "rosto sem marcas" da criança, para aquele das cicatrizes, até progressivamente chegar à idade madura, que irá pouco a pouco reconhecendo nas imagens captadas por lápis, pena, carvão, pincel, nos vários "retratos de Mário de Andrade".

Nesse catálogo encontramos trabalhos (de 1922 e de 1923) de Anita Malfatti e também de Tarsila do Amaral (1922, pastel sobre papel). De Lasar Segall, há uma pintura de 1927 e *Mário na rede*, gravura em metal sobre papel, de 1930. Veem-se um lápis sobre papel de Cláudio Rossi Osir e um de Flávio de Carvalho, ambos de 1928. Também ali está um nanquim sobre papel, de Luís Saia (*Carapicuíba*, s/d). Há caricatura de Xico Takaoka (*Mário de Andrade — caricatura*, 1934); nanquim de Nássara, de 1934, *Caricatura de Mário de Andrade*, e Hilde Weber (*Mário de Andrade*, caricatura, tinta de caneta sobre papel, s/d). Dentre eles, destaca-se um óleo sobre tela, de 1935, de Cândido Portinari. Em seu percurso, Gilda de Mello e Souza também traça seu próprio desenho de Mário, apreendendo o artista num arco de vida, em frações arlequinais. Assim, examina dois momentos cruciais:

74 Fragmento de carta citado por Gilda de Mello e Souza em "O colecionador e a coleção", texto reproduzido na *Revista da Biblioteca Mário de Andrade*, n. 51. Edição comemorativa. São Paulo, jan.-dez., 1993, p. 130.

> Quando observa com melancolia a mudança ocorrida depois do corte dos cabelos, imposto violentamente pelo pai, a conversão imediata do menino integral e sem malícia no ser precocemente envelhecido, voluptuoso, pérfido e astuto. Quando, pouco antes de morrer, em carta dirigida a um amigo, comenta, a propósito de uma de suas fotografias finais, as marcas deixadas pelo sofrimento na cara vincada, não de rugas, mas de "caminhos, de ruas, praças, como uma cidade".[75]

Em *Mário de Andrade, um pouco*, a crítica Oneyda Alvarenga transcreveu a "carta-testamento" do escritor, redigida em março de 1944, ano anterior ao de sua morte. A carta é endereçada ao irmão Carlos de Moraes Andrade. Nela Mário informa sobre os inéditos que deveriam ser incluídos no rol das *Obras completas*, com várias observações e advertências. Sempre muito cuidadoso, depois de dar destino à sua produção, acrescenta: "Dos meus 'trabalhos' só resta o fichário. Este deve ser repartido entre meus dois amigos Oneida Alvarenga e Luiz Saia, que de comum acordo, sem interferência nenhuma da família, farão dos fichários o que quiserem".[76]

No dia 20 de janeiro de 1945, Mário de Andrade escreveu para a amiga mineira Henriqueta Lisboa. Estava aguardando a sua visita. Nessa carta ele comenta sobre as árvores grandes que estão em frente de sua

75 SOUZA, Gilda de Mello e. "Homenagem a Mário de Andrade: o colecionador e a coleção", in BATISTA, Marta Rossetti e LIMA, Yone Sores de. *Coleção Mário de Andrade*. Artes Plásticas. Instituto de Estudos Brasileiros-USP, 1998, p. XIII.

76 ALVARENGA, Oneyda. *Mário de Andrade, um pouco*. Rio de Janeiro/São Paulo: José Olympio/SCET, 1974, p. 32.

casa, observando que ali "a passarinhada enche as nossas manhãs e tardes, pondo uma lembrança de frutas furtadas no nariz da gente". Ainda, espiando pelas redondezas da rua onde mora, desencrava mais do que uma observação rotineira, alcançando a cidade, seus habitantes, seus vícios. Porém recupera na amizade sentidos da pureza: "Os bondes passam um quarteirão longe, não chega a atrapalhar. Mas lembra a cidade enorme e sua 'forma humana corrupta da vida'. Fica ácido, essa presença do pecado perto. Mas neste momento meu coração está sem nenhum pecado, mas se preparando pra pecar muito demais. Aproveito a pureza pra escrever a você".[77]

Um infarto fulminante matou Mário de Andrade em 25 de fevereiro de 1945, poucos meses antes do fim da ditadura do Estado Novo, cujos atos de perseguição ele repudiou. Nesse particular, vale remeter aqui a uma carta endereçada a Álvaro Lins, em 20 de janeiro de 1944, que seguiu com um artigo sobre música, para ser por ele publicado. Nela Mário faz o seguinte comentário: "Já estive reparando que a gente do DIP [então o órgão censor dos meios de comunicação], da Gestapo ou que nome de xingo tenha, não gosta de ler artigo sobre música. De maneira que assim, enquanto não roubam a caderneta de jornalista, a gente pode ir ajuntando veneno, ajuntando podrume até que esta faça (*sic*) estoure e que seja o mais breve possível, amém".[78]

77 *Cartas de Mário de Andrade a Henriqueta Lisboa*. Revisão, introdução e notas Pe. Lauro Palu. Rio de Janeiro: José Olympio, 1990, p. 173.
78 *Cartas de Mário de Andrade a Álvaro Lins* (20-1-44). Rio de Janeiro: José Olympio, 1983, p. 98.

Mário de Andrade foi enterrado no Cemitério da Consolação, em São Paulo. Em seu livro *Lira paulistana* há um poema sem título em cujos versos o sujeito poético despedaça seu corpo, pedindo sepultamento das partes pela cidade de São Paulo: rua Aurora, Paissandu, Jaraguá, Tietê. Há outro em que Mário evoca três mulheres que habitaram o lado solar de sua vida, mas em momentos diferentes de convívio e por meio de distintos tipo de relacionamento. Elas são lembradas em tempos ruins para o artista, atingido pela doença, assolado pelo desencanto com a humanidade e cheio de desapontamento por causa dos rumos sombrios tomados pelo país. Na sua expressão cifrada de clamor à liberdade, Mário de Andrade faz um dolorido apelo àquelas três mulheres tão significativas para ele:

> [...]
> *Oh, Gilda, Oneida, Tarsila, me fechem a boca,*
> *Tapem meus olhos e meus ouvidos,*
> *Para que a glória do insofrido*
> *Volte a cantar Minas Gerais!*
> [...]

CRONO-
LOGIA

1893
Mário Raul de Moraes Andrade nasce no dia 9 de outubro, na cidade de São Paulo. Filho de Maria Luísa de Moraes Andrade e Carlos Augusto de Andrade.

1894
Mora com os pais e com seu irmão mais velho, Carlos, na casa do avô materno, na rua Aurora, 320.

1895
Morte do avô materno, jurista, escritor, político, ex-presidente da província de Goiás, Joaquim de Almeida Leite Moraes.

1896
Muda-se com os pais, o irmão e a tia-madrinha para um sobrado junto ao largo do Paissandu.

1899
Nasce o irmão Renato. Mário ingressa no curso primário.

1900
Estuda no Grupo Escolar da Alameda do Triunfo.

1901
Nasce Maria de Lourdes, sua irmã caçula.

1904
Conclui os estudos do curso primário. Faz sua primeira comunhão.

1905
Estuda no Ginásio Nossa Senhora do Carmo, dos irmãos maristas. Tem aulas com professores belgas, franceses e brasileiros.

1906
De formação católica e praticante, Mário entra para a congregação da igreja de Santa Ifigênia.

1908
Reprovado em grego no colégio dos irmãos maristas.

1909
Bacharel em Ciências e Letras pelo Ginásio Nossa Senhora do Carmo.

1910
Estuda na Escola de Comércio Álvares Penteado. Curso de Filosofia do mosteiro de São Bento. Curso ligado à Universidade de Louvain, na Bélgica.

1911
Ingressa no Conservatório Dramático e Musical de São Paulo, onde estuda piano e teoria.

1912
Sócio fundador da Sociedade de Cultura Artística de São Paulo.

1913
Contratado para lecionar História da Música (professor substituto).
Morre o irmão adolescente, Renato.
Em crise, Mário de Andrade refugia-se em Araraquara, na fazenda de um parente, Pio Lourenço Corrêa.

1914
Escreve "Conto do Natal".
No Conservatório Dramático e Musical participa de audição pública.

1915
Publica no *Jornal do Commercio* o artigo "No Conservatório Dramático e Musical: Sociedade de Concertos Clássicos".

1916
Auxiliar da cátedra de piano e professor de teoria para os principiantes.

1917
Morte de seu pai, Carlos Augusto de Andrade.
Estreia literária: *Há uma gota de sangue em cada poema*. Usa o pseudônimo de Mário Sobral.
Conhece Oswald de Andrade e Anita Malfatti.
Primeira greve geral de operários, iniciada no parque industrial paulista.

1918
Publica em *A Gazeta* o artigo "A divina preguiça".

1919
Estuda alemão. Visita Belo Horizonte e as cidades históricas de Minas Gerais pela primeira vez. Publica na revista *A Cigarra* um artigo sobre a visita que fez ao poeta Alphonsus de Guimaraens.

1920
Começa a escrever *Pauliceia desvairada*.
Colabora nas revistas *Papel e Tinta* (São Paulo) e na *Ilustração Brasileira* (Rio de Janeiro).

1921

Muda-se com a mãe, a tia solteira e os irmãos para a rua Lopes Chaves, na Barra Funda. Conferência: "Debussy e o impressionismo". Ciclo de conferências na Villa Kyrial, promovido pelo senador Freitas Vale. Artigos no *Jornal do Commercio*: "Mestres do passado".

1922

Janeiro. Nomeado catedrático de História da Música do Conservatório Dramático e Musical de São Paulo. Publica o livro de poemas *Pauliceia desvairada*. Fevereiro. Participa da Semana de Arte Moderna. Integra o grupo da revista *Klaxon* — Mensário de Arte Moderna. São Paulo. Conferência: "A poesia modernista". Ciclo de conferências na Villa Kyrial, promovido pelo senador Freitas Valle. Começa a correspondência com Manuel Bandeira. Conhece Tarsila do Amaral. Publica "Noção de pátria" no jornal *Fanal*. Ano da fundação do Partido Comunista do Brasil. Levante dos 18 do Forte de Copacabana.

1923

Mantém correspondência com Tarsila do Amaral, que está em Paris. Envia colaboração para a *Revista do Brasil* e para *Ariel*. Em novembro envia os poemas de *Losango cáqui* (obra em preparo) para Manuel Bandeira. Conferência: "Paralelo entre Dante e Beethoven". Ciclo de conferências na Villa Kyrial, promovido pelo senador Freitas Valle.

1924

Concede entrevista para o jornal carioca *A Noite*. Escreve *Crônicas de Malazarte*. Conferência: "O cubismo". Ciclo de conferências na Villa Kyrial, promovido pelo senador Freitas Valle. Revolução Tenentista liderada por Isidoro Dias Lopes.

1925

Começa a redação de *Café* (obra inacabada). Publica *A escrava que não é Isaura*, ensaio sobre estética. Início da Coluna Prestes.

1926

Compõe "Viola quebrada".
Escreve na revista *Terra Roxa e Outras Terras*
Publica o livro de poemas *Losango cáqui.*
Lê *Vom Roraima zum Orinoco* de Koch Grünberg.
Escreve *Macunaíma: o herói sem nenhum caráter.*

1927

Viagem ao Norte do país pelo navio *Pedro I.*
Escreve crônicas no *Diário Nacional.*
Publica *Amar, verbo intransitivo* (idílio) *e Clã do Jaboti* (poesia).
Envia colaboração para a revista *Verde* (Cataguazes, MG).
Inicia *Na pancada do ganzá* em 1927 (livro que deixou inédito), voltado para a pesquisa sobre música e cultura populares.

1928

Sai do prelo *Macunaíma: o herói sem nenhum caráter.* Participação na *Revista de Antropofagia* com a reprodução do primeiro capítulo da obra.
Viaja para o Nordeste em novembro.
Publica *Ensaio sobre a música brasileira* e o livro de contos *Primeiro andar*, que terá nova edição em 1932.

1929

Em fevereiro, término da viagem ao Nordeste. Os relatos foram reunidos em *O turista aprendiz.*
Lança *Compêndio de história da música.*
Crises na vida particular.
Rompimento da amizade com Oswald de Andrade.
Crise financeira e abalo econômico no país.
Débâcle econômica no Brasil com a quebra da Bolsa de Wall Street.

1930

Mantém uma seção de crônicas no *Diário Nacional.*
Publica *Remate de males* e *Modinhas imperiais.*
No primeiro momento, apoia a Revolução de 1930, em que Getúlio Vargas ganha o poder derrotando a oligarquia paulista.

1931

É um dos responsáveis pela *Revista Nova.*

1932

Reviravolta. Coloca-se contra o governo Vargas. Apoia a Revolução Constitucionalista de São Paulo.
Envia colaborações para a *Revista Nova* e para *Boletim de Ariel.*
Poemas de *Clã do Jaboti* são traduzidos para o alemão por Ignez Telscher.

1933

Profere no Rio de Janeiro a conferência "O sequestro da dona Ausente".
Amar, verbo intransitivo é traduzido para o inglês, com o título *Fräulein*.
Assina o manifesto de fundação da Escola Livre de Sociologia e Política de São Paulo.

1934

Publica *Belazarte*, contos.
Publica o livro de ensaios *Música, doce música*.
Recebe o título de professor honorário de Música na Bahia.

1935

Nomeado diretor do recém-criado Departamento de Cultura da Prefeitura Municipal de São Paulo.
Viaja a Campos (RJ), encarregado de adquirir o acervo de Alberto Lamego para o governo de São Paulo.
Insurreição político-militar promovida pelo Partido Comunista Brasileiro, conhecida como Revolução Vermelha de 1935, ou Levante Comunista. O intuito era derrubar Vargas. Seu líder era o capitão do Exército brasileiro Luís Carlos Prestes.
Os adversários chamaram o acontecimento de Intentona Comunista.

1936

Publica "O Alejadinho" e "Álvares de Azevedo", textos de crítica.
Publica "Cultura musical", conferência proferida como paraninfo no Conservatório Dramático e Musical de São Paulo.
Escreve para a *Revista do Arquivo Municipal*.
Cria regulamentos para o Serviço de Patrimônio Histórico e Artístico Nacional (SPHAN) e procede ao tombamento de monumentos paulistas.
Na Europa, vítima da Guerra Civil Espanhola, morre o poeta Garcia Lorca.

1937

Lança a segunda edição de *Macunaíma*.
É um dos organizadores do Primeiro Congresso da Língua Nacional Cantada.
Publica *Música, doce música*.
"O samba rural paulista". *Revista do Arquivo Municipal*, n. XLI.
Funda a Escola de Etnografia e Folclore de São Paulo.
Doenças e abatimento.
Golpe de Getúlio Vargas instaura o Estado Novo no Brasil.

1938

Demite-se do Departamento de Cultura de São Paulo. Muda-se para o Rio de Janeiro. Leciona Estética na Universidade do Distrito Federal (RJ).

1939

Publica *Namoros com a medicina,* livro de etnografia e folclore. Inicia no Rio de Janeiro a redação do romance *Quatro pessoas*. Pronuncia a conferência "O sequestro da dona Ausente" no Conservatório Mineiro de Música. A convite de estudantes mineiros, viaja pela terceira vez a Belo Horizonte. Chefe de Seção do Instituto Nacional do Livro, elabora o projeto da Enciclopédia Brasileira. Início da Segunda Guerra Mundial.

1940

Saúde frágil. Começa seu trabalho junto ao SPHAN.

1941

Muda-se do Rio de Janeiro para São Paulo, onde se estabelece definitivamente. "A Nau Catarineta". *Revista do Arquivo Municipal* n. LXXIII. São Paulo. Publica no primeiro número da revista *Clima* o ensaio "Elegia de abril". Publica *Poesias*, uma seleta de poemas.

1942

Sócio-fundador da Sociedade dos Escritores Brasileiros. Colabora para os jornais *O Estado de S. Paulo*, *Folha de S.Paulo* e para o *Diário de S. Paulo*. Publica *Pequena história da música*. Aula inaugural no Conservatório Dramático e Musical de São Paulo: "A atualização de Chopin". No Rio de Janeiro, a convite de estudantes, profere a conferência "O movimento modernista".

1943

Publica *O baile das quatro artes,* o livro de ensaios *Aspectos da literatura brasileira* e um livro de crônicas — *Os filhos da candinha.*
Concede entrevista a Mário da Silva Brito, publicada no *Diário de S. Paulo.*
Anuncia a desistência de continuar o romance *Quatro pessoas.*
A Editora Martins começa o lançamento das *Obras completas* do escritor, com projeto inicial de quinze volumes.

1944

Responde a um questionário da "Who's Who in the Western Hemisphere", e declara-se ex-sócio do Clube Atlético Paulistano e do Automóvel Clube de S. Paulo.
Colabora para o jornal *Folha de S.Paulo* com as séries "Mundo musical" e "O banquete".
Compra o sítio "Santo Antonio" (construção do séc. XVIII), localizado em São Roque (SP). Depois, tombado pelo SPHAN.

1945

Em janeiro participa do Primeiro Congresso Brasileiro de Escritores, realizado em São Paulo.
Em 17 de fevereiro escreve a última carta a Murilo Miranda.
Termina o poema "A meditação sobre o Tietê".
Morre em São Paulo, no dia 25 de fevereiro.

ENSAIO DE LEITURA

A vida de Mário de Andrade poderia ser resumida como um imenso território "das mil cavernas das quarenta mil perguntas", como se lê no seu poema "Brasão". Esse espaço labiríntico é habitado por sua mente inquieta, onde convivem prelúdios de Mozart, rapsódias de Chopin, primavera de Stravinski, bachianas de Villa-Lobos, "pancadas do ganzá", aboios, romances, toadas, desafios. E isso porque, professor de Teoria e de História da Música, Mário dedicou vários de seus estudos à produção erudita e, como musicista e pesquisador, deu atenção especial a manifestações da cultura popular brasileira. Nesse trabalho constante, recolheu "cheganças", cirandas, boi-bumbá, cocos, lundus, modinhas, cantos de labor e benditos, acalantos e cantos de estórias, pregões e cantos de igreja. Entrou pelo *jazz*, maxixe, samba, tango e terapêutica musical (*Namoros com a medicina*). Falou sobre Luciano Gallet, Donga, Sinhô, Noel Rosa. São testemunhas de seu empenho como historiador, ensaísta, cronista, crítico e teórico obras como *Ensaio sobre a música brasileira*, *Música, doce música*, *Pequena história da música*, *Música de feitiçaria no Brasil*, *Modinhas imperiais*, *Introdução à estética musical*, entre outros escritos, e publicações póstumas, *As melodias do boi e outras peças*, *Os cocos*, *O baile das quatro artes*, *O banquete*. Mário deixou inúmeras anotações que anos depois de sua morte constituíram em publicação o seu projeto de *Dicionário musical brasileiro*, levado a cabo por Flávia Toni. Entre os materiais organizados que deixou inéditos estão inúmeras fichas com anotações sobre o lundu e outras para um dicionário de zoofonia.

Em outra vertente de interesses, reuniu em *Aspectos das artes plásticas no Brasil* estudos sobre Lasar Segall,

Portinari, Aleijadinho. Artistas como Rego Monteiro, Guignard, Tarsila do Amaral e Anita Malfatti foram foco de sua atenção. Sua correspondência com Manuel Bandeira está prenhe de notações sobre obras de arte. Deixou um ensaio sobre desenho e escreveu sobre a capela de Santo Antônio, em São Roque, São Paulo, patrimônio arquitetônico do século XVII. Realizou um estudo especial sobre o santista padre Jesuíno do Monte Carmelo (1764-1819), pintor, arquiteto, escultor.

Em outra chave de saberes, Mário de Andrade transitou como mestre pela palavra poética, que considerava matéria impura, elemento interessado, por meio da qual também procurou mostrar a complexidade do fazer, atrelando seu olhar sobre o indivíduo e sua visão da humanidade. E o fez por mecanismos da arte, sempre exigente em relação ao tratamento da forma e da técnica, que considerava fundamentais na fatura da obra literária. Nessa área, sua produção foi bastante significativa. São contos, poemas, rapsódia, idílio. E segue passando das entranhas da arte poética à crítica e à crônica de jornal, tingindo seus escritos de humor e amargura, neles mesclando lirismo e sarcasmo, combinando a aguda sensibilidade à crítica implacável.

Em seu fazer, Mário embrenhou-se por lugares não trilhados e muitas vezes andou arriscadamente em campos minados. Nesse trabalho de acertos, erros e de guinadas excepcionais, foi desbravador pioneiro. Sua busca passou do "matavirgismo" ao entendimento mais complexo do caráter nacional. Enveredando por mundos desconhecidos, procurou descobrir e traduzir o país no seu informe e contraditório modo de ser, com prioridade para o estudo da língua de comunicação local. Além de explorar esse recurso, Mário de Andrade mostrou que seu empenho tinha solidez. Deixou anotações e verbetes incompletos de pesquisa para uma *Gramatiquinha da fala brasileira*, que remonta a 1922, no intuito de sondar, recolher, analisar e estabelecer possibilidades de sistematização do "falar brasileiro". E fazia isso com a convicção de quem muito conhece a língua e suas distinções. Por isso, não deixa de assinalar que estudou "*com paciência* a fala portuga. E não foi só na gramática de todo o gênero não. Nenhum dos clássicos portugueses deixei de ler *com paciência*".[79] Para Edith Pimentel Pinto, que em 1990 foi responsável pela organização e publicação dessas anotações, "desde o momento em que julgou estar delineada a variedade brasileira da língua portuguesa, Mário de Andrade entreviu um campo necessitado da aplicação do esforço construtivo e nisso se empenhou, ora supervalorizando suas forças, ora descrendo delas".[80]

A esse propósito, Mário de Andrade discutiu seguidamente com o grande amigo, Manuel Bandeira, conforme registrado na longa correspondência que mantiveram. No prefácio que escreveu para uma edição dessas cartas, Bandeira declarou:

> Sempre fui partidário do abrasileiramento do nosso português literário, de sorte que aceitava em princípio a iniciativa de Mário. Mas discordava dele profundamente na sua sistematização, que me parecia indiscretamente pessoal, resultando numa construção cerebrina, que não

79 Fragmento extraído de PINTO, Edith Pimentel. *A gramatiquinha de Mário de Andrade. Texto e contexto.* São Paulo: Duas Cidades, 1990, p. 45.
80 Idem. Op. cit., p. 43.

> era língua de ninguém. Eu não podia compreender como alguém, cujo fito principal era "funcionar socialmente dentro de uma nacionalidade", se deixava levar por espírito de sistema, a escrever numa linguagem artificialíssima [...]. Mário, que se prezava de psicólogo, escrevia-me, para justificar-se de seus exageros, que era preciso forçar a nota: "exigir muito dos homens pra que eles cedam um poucadinho".[81]

Nas suas sondagens sobre a língua e a cultura brasileiras, Mário procurou conhecer o país transitando por lugares conhecidos e por outros quase inalcançáveis e inóspitos. Assim, navegou pelo Amazonas, passou longa temporada no Nordeste, interessou-se pelos monumentos de pedra-sabão nas Minas de Aleijadinho. No Rio de Janeiro, para onde se dirigiu muitas vezes a passeio, foi morar em tempos de "exílio" paulistano. Permaneceu na capital da república por três anos, dedicando-se ao trabalho institucional. Em tempos diferentes, divertiu-se naquela cidade. Num verso, entre serpentinas, o sujeito poético pergunta: "Onde andou minha missão de poeta, Carnaval?".

Para Mário de Andrade, a arte foi um meio de encontrar a si mesmo, de entender o caráter de sua cultura e de dialogar com o mundo contemporâneo. Numa das andanças pelo interior paulista, escreveu sua obra-prima na chácara de Pio Lourenço Corrêa em Araraquara (SP). No cenário dos cafezais de São Martinho (Pradópolis), o sujeito poético de "Louvação da tarde"

81 BANDEIRA, Manuel. "Prefácio", in Mário de Andrade *Cartas a Manuel Bandeira*. Rio de Janeiro: Ediouro, s/d, p. 13.

perde-se numa trilha de fazenda, dirigindo um Ford. Também lê e escreve sobre os hispano-americanos, entrando na Buenos Aires de Borges — conforme textos documentados por Raul Antelo em *El paulista de la calle Florida*. Esses múltiplos caminhos entrecruzam-se nas diversas cartas que cotidianamente escrevia, misturando desabafos, discussões, críticas e exposição da própria obra. Elas se destacam como um capítulo de singular importância em seu legado.

Na sua vasta e diversificada produção, Mário de Andrade teve o cuidado de não banalizar seu trabalho, orientando-se por preceitos que continuamente questionava, para mudá-los ou reafirmá-los, desistir ou neles persistir. O estudo da fala brasileira era parte de um amplo projeto do escritor, como Telê Ancona Lopez mostrou, em detida análise, no livro *Mário de Andrade: ramais e caminho*. Nessa obra de fundamental importância para conhecer o escritor, a autora se vale de um enfoque histórico-ideológico para examinar seu pensamento crítico, espreitar bastidores do trabalho e reconhecer na sua obra aspectos autobiográficos.

No que diz respeito à literatura, Mário de Andrade sempre se posicionou em favor do trabalho com a palavra, com precedência sobre o assunto tratado. Considerava que o assunto não bastava por ele próprio. Mesmo no caso de uma literatura assumidamente interessada, o valor estético, para ele, deveria estar em primeiro lugar. Assim, em defesa das exigências formais, entende ser necessário prevenir o leitor, lembrando que ninguém deveria ler Goethe em má tradução porque prejudicaria o conhecimento do autor. Sua crítica também atingiu a censura que a Igreja impôs a *Dom Quixote*, objetando seriamente contra a exclusão de certas passagens dessa obra. Assim, Mário nos obriga a ver criticamente, a entrar e sair de labirintos, a desbravar caminhos desconhecidos, usar ferramentas cabíveis, experimentar outras.

Em 1917, quando ainda estava em curso a Primeira Guerra Mundial (1914-18), Mário de Andrade publicou seu primeiro livro, uma obra de cunho pacifista, calcada nas marcas expressivas do unanimismo, *Há uma gota de sangue em cada poema*, assinando-a com o pseudônimo de Mário Sobral. Repudiando a guerra, o poeta manifestava de diversos modos sua apreensão diante daquele conflito que assolava a humanidade. O livro foi custeado pelo artista, que também elaborou o projeto gráfico. Apesar de sua obra de estreia literária ser pouco inovadora, nela imprimiu, por exemplo, uma rima transgressora para a época: "[...]/ De noite tempestuou/ chuva de neve e granizo.../ Agora, calma e paz. Somente o vento/ Continua com seu oou.../".

Esse recurso poético, segundo Mário da Silva Brito, "com a inusitada e agressiva rima de Mário de Andrade — rima bem mais de Mário de Andrade do que de Mário Sobral — surgiu, aos olhos de Oswald, como uma confirmação às suas infrutíferas tentativas inovadoras".[82] Dada a diferença de estilo em relação a sua obra posterior, Brito entende que naquele momento Mário brigava com ele mesmo e dava indícios no livro de que estava se libertando de sua concepção poética.[83] Deste modo,

82 BRITO, Mário da Silva. *História do modernismo brasileiro* I. *Antecedentes da Semana de Arte Moderna.* 2. ed. rev. Rio de Janeiro: Civilização Brasileira, 1964, p. 79.
83 Idem, p. 78.

o crítico considera que Mário Sobral não seria um pseudônimo, mas um heterônimo do artista.

Embora nesse exercício tateante haja empenho poético, amparado em leituras de Jules Romains, Émile Verhaeren, Paul Claudel, e apesar dos propósitos elevados de seu humanismo pacifista, falta aos poemas ousadia formal. No conjunto, eles destacam-se por certo viés de melancolia, que será uma constante na expressão do autor. Os poemas de *Há uma gota de sangue* estão longe das inovações que serão praticadas pelo artista na década de 1920. Alguns, porém, mostram-se embriões de uma abertura para a modernidade, seja pela prática do verso livre, seja pelo modelo aproximativo do "verso-versículo bíblico", como já assinalou Telê Ancona Lopez, com respeito à assimilação que Mário de Andrade faz desse recurso poético explorado por Paul Claudel. A despeito das limitações, contudo, a obra é indicadora da aliança do artista com o cidadão.

Não muito tempo depois, o poeta irá se firmar com *Pauliceia desvairada*, que começou a escrever em 1920 e publicou em 1922. A obra foi anunciada por Oswald de Andrade em 1921, ano anterior ao da Semana de Arte Moderna. Com *Pauliceia desvairada* o artista revolucionou seu próprio fazer, atento às novas tendências da arte e movido pelo firme propósito de incorporar em seus poemas, como necessidade interna, a língua de expressão local. Nessa assimilação deixou evidente a intenção de sanar lacunas existentes entre a palavra erudita e a fala cotidiana. As explorações literárias voltadas para características da língua falada no Brasil tiveram como precedente os escritores do romantismo brasileiro. Em seu tempo, diga-se, a opção foi audaz e preparou terreno para a posterior reviravolta praticada pelos modernistas. Mas, como pontuou Sérgio Buarque de Holanda, os artistas de 1922 se interessaram por "investigar como se formou aqui uma literatura, concebida menos como apoteose de cambucás e morubixabas, de sertanejos e cachoeiras, do que com a manifestação dos grandes problemas do homem do Ocidente nas novas condições de existência".[84]

Em *Pauliceia desvairada*, Mário explorou formas variadas, diversificou ritmos, criou versos polifônicos, produziu estranhamentos sonoros. Essa obra impregnada de asperezas, que despontou em seu tempo com alarido, e feriu na base a expressão da norma culta, reflete propósitos estéticos do modernismo brasileiro. Entremeados pela paródia e pelo espírito de blague, os versos de os versos de *Pauliceia desvairada* gravam uma irreverência de feição "arlequinal". Nos poemas esse termo vibra, associado ao "desvairismo", reverberando a proposta poética de seu prefácio-manifesto. Ambos se inscrevem na obra como divisa e como traço de universalização da arte. Mas o poeta faz coabitarem cosmopolitismo e localismo, uma vez que nossa mescla cultural e linguística se enraíza em seus poemas. E é por esse intermédio que traz à tona o tema do incaracterístico, do dilaceramento e da mistura que se impõem como um ponto nuclear na sua compreensão do Novo Mundo. Como se observa na tradução ímpar que Mário de Andrade faz de si mesmo — "Sou um tupi

84 HOLANDA, Sérgio Buarque de. "Letras e ideias no Brasil Colonial", in *História geral da civilização brasileira — A época colonial*. São Paulo: Difusão Europeia do Livro, 1960, p. 91.

tangendo um alaúde" — esse verso-insígnia de "O trovador" também repercute o ser americano.

Na configuração dos poemas de *Pauliceia desvairada* também se encontram muitas lições da lírica trovadoresca. Pela leitura da poesia medieval, o poeta estabeleceu possíveis conexões com aquele despertar da arte da palavra em um território ainda novo (Portugal), que então buscava firmar sua identidade política, social, cultural, linguística. No Brasil das primeiras décadas do século XX, o lugar é outro, são outros os tempos, os ritmos, os poetas, os propósitos e a língua utilizada na expressão artística, que muito difere do modelo importado da metrópole. Mas a diretriz foi dada. Aqui dois poemas servirão de exemplo, "Inspiração" e "O trovador". Vamos ao primeiro deles:

INSPIRAÇÃO

Onde até na força do verão havia
tempestades de ventos e frios de
crudelíssimos invernos.
Frei Luís de Sousa

São Paulo! comoção de minha vida...
Os meus amores são flores feitas de original!...
Arlequinal!... Trajes de losangos... Cinza e ouro...
Luz e bruma... Forno e inverno morno...
Elegâncias sutis sem escândalos, sem ciúmes...
Perfumes de Paris... Arys!...
Bofetadas líricas no Trianon... Algodoal!...

São Paulo! comoção de minha vida...
Galicismo a berrar nos desertos da América.

Distribuído em duas estrofes de tamanho irregular, respectivamente, de sete e duas linhas, esse poema expresso se apresenta em versos livres e é sustentado também por um ritmo irregular. Jogando com contrastes, ora voltado para a objetividade certeira, ora apelando para a emoção, o sujeito poético funde lirismo e sarcasmo.

Nessa execução poética, Mário de Andrade diz ter concebido uma "teoria engenhosa" sustentada pela polifonia, misturando versos melódicos e versos harmônicos. Esse conceito, segundo ele, foi tomado de empréstimo da música. No seu entender, os versos melódicos seriam aqueles dotados de pensamento inteligível, enquanto os harmônicos seriam constituídos por "palavras sem ligação imediata entre si",[85] caracterizando-se pelo pensamento cortado, obstruído, incompleto, como nos versos "Arlequinal!... Trajes de losangos... Cinza e ouro.../ Luz e bruma... Forno e inverno morno...". Em casos como esse, a palavra isolada "fica vibrando à espera de uma frase que lhe faça adquirir significado e QUE NÃO VEM".[86] Mesmo assim, nos silêncios sugeridos pelas reticências há muito sentido latente. Por exemplo, o termo de oposição a "forno" (calor excessivo) é "inverno", mas o qualificativo que a ele se atrela, "morno", parece revirar o sentido do substantivo, acrescentando-lhe um elemento paradoxal, já que

85 "Ora, se em vez de unicamente usar versos melódicos horizontais [...] fizermos que se sigam palavras sem ligação imediata entre si: essas palavras pelo fato mesmo de se não seguirem intelectual, gramaticalmente, se sobrepõem umas às outras, para a nossa sensação, formando, não mais melodias, mas harmonias [...]". In "Prefácio interessantíssimo".

86 "Prefácio interessantíssimo", pp. 68-9.

"inverno" e "morno" são termos inconciliáveis. Nessa conjugação poética, conflito, incompatibilidade, incongruência estão em consonância com a poética do "desvairismo".[87]

No "discurso sobre algumas tendências da poesia moderna" alarga-se nas suas explicações. Por fim, resume: "Polifonismo e simultaneidade são a mesma coisa. O nome de *Polifonismo* caracteristicamente artificial deriva de meus conhecimentos musicais que não qualifico de parcos por humildade. Sempre me insurgi contra essa afirmativa muito diária de que a música é a mais atrasada das artes. Inegavelmente no princípio escravizada à palavra, tivera uma evolução mais lenta".[88]

Mais adiante, no mesmo texto, volta ao tema, observando os procedimentos dos poetas modernistas, a respeito do quais acrescenta: "*Simultaneidade* é a coexistência de coisas e fatos num momento dado. *Polifonia* é a união artística simultânea de duas ou mais melodias cujos efeitos passageiros de embates de sons concorrem para um *efeito total final*".[89]

No poema "Inspiração", as marcas transgressoras despontam na própria epígrafe, dissonante em relação ao conteúdo do poema, como se fosse uma provocação. No fragmento escolhido como epígrafe, que é de extração europeia, o verão reverte-se ocasionalmente em vento frio e em invernos "crudelíssimos". Esta última característica é incompatível com o lado de cá. Abaixo

87 Fundamentos apresentados no "Prefácio interessantíssimo".

88 ANDRADE, Mário de. *A escrava que não é Isaura*. Rio de Janeiro: Nova Fronteira, 2010, p. 72.

89 Idem, p. 85.

da linha do Equador, a referência do poeta é outra: "forno e inverno morno". Com isso, nota-se desde os primeiros acordes do poema a tentativa de mostrar a oposição entre mundos. Desse modo, a consciência crítica do poeta, por visada irônica ou por atitude desconcertante e brincalhona, se mostra desde o início na própria escolha da epígrafe. Assim, a "inspiração" literária parece imantada de muitos tempos poéticos e processada por diferentes recursos. Por exemplo, a aproximação com o romantismo pode ser percebida, entre outros indicativos, pela imagem da "bruma", cerração que é capaz de toldar, de confundir a visão. Com esse termo costumava-se também designar uma característica natural (climática) da cidade de São Paulo. Mas, entendida pelo uso metafórico, essa névoa pode ser interpretada como um passado que no presente do sujeito poético ainda não se dissipou e que por isso mesmo também pode lhe turvar a visão.

Posta em movimento por uma conexão simultânea com a claridade (luz), a conhecida marca (bruma) de São Paulo ganha destaque no poema. E aqui, por contraste, a luminosidade transforma-se em predicado dos tempos modernos, embora permaneça o vínculo com a bruma, reforçado pelo uso do conectivo: "luz e bruma". Neste sentido, a referência ao espaço urbano como nevoento permite estabelecer ligações entre a atualidade e uma antiga Pauliceia, provinciana, que foi enaltecida por Castro Alves na "Canção do boêmio". Nela, a cidade de São Paulo é apresentada metonimicamente por rua e lampiões, e realçada por características de seu meio natural. Nesses versos, "noite" e "garoa" estão em consonância com tédio e fantasmagoria, num espaço exterior despovoado: "Que noite fria! Na deserta rua/ Tremem de medo os lampiões sombrios./ Densa garoa faz fumar a lua/ Ladram de tédio vinte cães vadios".

Se nos deslocarmos para a vida moderna dos anos 1920, contemporânea de *Pauliceia desvairada*, vamos constatar que a chama dos "lampiões sombrios" foi substituída pela luz elétrica. E, devido à agitação que tomou conta da cidade, os cães não conseguem mais "ladrar de tédio". Porém a bruma e a garoa ainda compõem o cenário da Pauliceia na modernidade, formando uma complexa equação. Em relação à outra face da cidade, que desponta por uma nova conjunção social, as vozes multiplicadas não a deixam vazia, vendo transformada a cidade da "Canção do boêmio": "Ó Pauliceia! Ó Ponte Grande! Ó Glória!".

Por esses contrastes, não seria demais afirmar que Mário de Andrade busca na sua interlocução crítica com o romantismo local a superação de certo entendimento do Brasil. Há no poeta da atualidade um reconhecimento objetivo da expressão linguística, assim como há consciência da formação dilacerada, que o romantismo não percebeu, ou ideologicamente ocultou. Mário de Andrade, entretanto, procura escancarar o conflito, exibindo as marcas vivas e epidérmicas das misturas. Nos "tempos modernos", temos uma Pauliceia ligada a um atributo nada pacificador: "desvairada" (no plano individual e no coletivo). No primeiro caso, o poeta entendido como louco grava o "desvairismo" na fatura dos versos harmônicos, compostos por fragmentos inconclusos, com palavras soltas ("notas") espalhadas nos poemas, em contraste com o movimento concatenado das frases melódicas. Dessa perspectiva, certas "notas", como "luz e bruma...", ganham complexidade e reforçam estados de conflito e de tensão, metaforizando tanto a exagerada euforia da "juvenilidade" como o obscurantismo conservador.

Na cidade frenética, povoada por imigrantes recém-chegados, a fala mesclada refunde padrões na assimilação de vozes alheias. No poema "Noturno", de *Pauliceia desvairada*, repete-se, como um estribilho, o pregão de um vendedor de rua: "— Batat' assat'o furnn!...". Em outro poema, "Rua de São Bento", temos uma medida da parafernália de línguas e de culturas, da pujança do capital e dos efeitos provocados no poeta. Como é possível não se desnortear? Como se proteger?

> [...]
> *'Can you dance the tarantell' — 'Ach! Ya',*
> *São as califórnias duma vida milionária*
> *numa cidade arlequinal...*
> [...]
> *Minha Loucura, acalma-te!*
> *Veste o* water proof *dos tambéns!*

De fato, são muitos os estímulos que enlouquecem o sujeito poético. Por isso mesmo, não é de espantar que na conferência "O movimento modernista" (1942) Mário volte ao tema da loucura urbana — pessoas de várias partes do mundo, meios de locomoção e inventos que rapidamente transformavam a feição da cidade. Era a Pauliceia se ajustando aos novos tempos. Tudo isso é necessário para entender aquele momento que deu vida ao nosso modernismo. Assim Mário de Andrade aclarou: "[...] o desenvolvimento da consciência americana e brasileira, os progressos internos da técnica e da educação, impunham a criação de um espírito novo e exigiam a reverificação e mesmo a remodelação da Inteligência nacional".[90]

No poema em foco, "Inspiração", o artista não deixa de mostrar que a nova realidade também se alimenta do supérfluo, de banalidades, de veleidades burguesas, explicitando interesses conflitantes no âmbito da nova geração de artistas. Alguns temas, por exemplo, estão diretamente ligados ao modo de vida da elite. E, como se sabe, naquele início de século, as famílias endinheiradas mantinham fortes vínculos (econômicos, culturais) com o mundo europeu, embora o centro de suas atenções e desejos de consumo se resumisse à Paris, a "Cidade Luz", capital da França. No poema "Colloque sentimental", o poeta caçoa de pedantismos da elite empavonada: "— Deixe-me pôr o lenço no nariz./ Tenho todos os perfumes de Paris!".

Em "Inspiração", num verso também permeado pela blague, o sujeito poético detecta prazeres olfativos e sensuais da rica burguesia: "Perfumes de Paris... Arys!...".

No verso seguinte, porém, revida o supérfluo contradizendo hábitos, coloca em tensão o gesto bruto e ao mesmo tempo suave: "Bofetadas líricas no Trianon... Algodoal!...".

Mostrando outras preocupações de uma parcela da elite, Mário de Andrade transporta o leitor para um lugar reservado, que ficava no espigão da Pauliceia. Era um dos redutos escolhidos pelos modernistas para seus encontros e debates — um clube *privé*, que, por suas características arquitetônicas, foi chamado de "Trianon".

90 ANDRADE, Mário de. "Movimento modernista", in Op. cit., p. 231.

No ano anterior ao da Semana de Arte Moderna, por exemplo, era comum encontrar no "Trianon" o grupo formado por Mário de Andrade, Oswald de Andrade, Guilherme de Almeida, Menotti del Picchia, Anita Malfatti, entre outros, participando de banquetes, conferências, lançamento de manifestos.

No poema "Inspiração", os termos "perfume" e "Paris" são diretamente associados ao vocábulo "Arys". Para o leitor, a presença desse último vocábulo no final do verso parece inusitada, apesar da evidente conexão sonora estabelecida com o nome da cidade e da possível associação a um nome próprio (mas ainda, estranhamente, no plural). A propósito, um acaso surpreendente me permitiu chegar mais perto da fonte geradora de sentido e de uma brincadeira intencional do poeta, o que permite ampliar o campo de relações na leitura do poema. A chave está na revista *L'Illustration* (19-26 de julho de 1919), um número totalmente dedicado a "La Fête de la Victoire", contendo fotos e registros escritos em torno das comemorações do final da Primeira Guerra Mundial. Em meio aos documentos fotográficos e aos textos, há páginas com muitos espaços dedicados à publicidade de produtos de consumo, como se poderia esperar na sociedade do mercado. Uma dessas propagandas, no entanto, se destaca das demais, ocupando por inteiro a contracapa da revista. Nesse enorme espaço, estampa-se o anúncio de um perfume, "Un jour viendra" (também vendido em frasco de Lalique, informa-se), com a indicação de que poderia ser encontrado em "todos os grandes magazines". Mas o único citado é Arys, que, segundo a informação, se localiza num requintado endereço da capital francesa: 3, Rue de la Paix. Desse modo, além do som em eco ("Paris... Arys"); do efeito sutil da aliteração, pelo uso duplicado da consoante oclusiva, explosiva, em "Perfumes de Paris"; e da repetição do "s", sibilante, cujo som se propaga como o espargir do perfume, insinua-se ainda a presença de uma risadinha em tom de deboche, do sujeito poético que faz a confidência.

Em contraste, e não por acaso, o verso imediato "Bofetadas [...] no Trianon..." coloca na roda do poema aqueles intelectuais empenhados em destruir para construir e transformar. As "bofetadas", a que se refere o "eu" do poema, fazem lembrar um importante manifesto assinado por Burliuk, Kruchênik, Khliebnikov e Maiakovski, "Bofetada no gosto público", publicado em Moscou em 1912, o qual Mário de Andrade, naquele momento, poderia bem conhecer, porque em *A escrava que não é Isaura*, ele comenta que "na Rússia [...] reina a tumultuária floração dos poetas bolchevistas, legítimos rapsodos, sobre os quais paira sobremaneira a memória de Alexandre Bloch".[91] Na sequência, transcreve o fragmento de um poema de Maiakovski, que considera "arquimoderno". O que também conhece, mas se contrapõe, por exemplo, está cravado no item três do "Manifesto do futurismo" de Marinetti: "[...] Nós queremos exaltar o movimento agressivo, a insônia febril, o passo de corrida, o salto mortal, a bofetada e o soco".[92] A isso Mário parece responder com "bofetadas líricas". Essa associação direta com o gestual do Arlequim, pensado pela tradição da arte

91 ANDRADE, Mário de. *A escrava que não é Isaura — Discurso sobre as tendências da poesia moderna*. Org. Marcos Antonio de Moraes. Rio de Janeiro: Nova Fronteira, 2010, p. 32.

92 MARINETTI, T. F. "Manifesto do futurismo", in *Antologia do futurismo italiano. Manifestos e poemas*. Tradução, introdução e notas de José Mendes Ferreira. Lisboa: Vega, 1979, p. 49.

popular, nos remete ao universo da *Commedia dell'Arte*, (teatro popular de comediantes italianos, séculos XVI-XVIII), que perambulava de cidade em cidade, na melhor tradição dos espetáculos das feiras, das festas populares, do improviso da arte de praça pública. Esse personagem do teatro popular, com sua veste de losangos, é ponto de referência em *Pauliceia desvairada*, articulado ao termo "arlequinal" — no caso, um elemento irradiador do poético.

No começo da década de 1920, arlequim está atrelado a estados de euforia, de sonho, devaneio. Em seu traje de retalhos coloridos, a figura lírica e endiabrada do Arlequim junta arte e sociedade. Nele estão condensados melancolia, irreverência, ironia, "desvairismo". Assim entendido, as "bofetadas líricas" aludem a uma bofetada irreal (mas possível no imaginário da arte). Nesses termos, se associarmos o vocábulo "algodoal" a esse mesmo universo, há outra subversão de sentidos. Como se trata de bofetada lírica, nela converge o gesto exagerado, provocador e, ao mesmo tempo, emotivo, sentimental. Isso nos leva a pensar que, por metonímia, a mão que golpeia é a do Arlequim, vestindo sua luva branca de algodão. O recurso usado pelo poeta nos remete ainda a uma construção geométrica, fragmentária, de aproximação cubista, mas as sugestões são bem mais complexas. No poema, como se observa, é a cidade de São Paulo que se veste de losangos "cinza e ouro". É a Pauliceia industrial, cor de cinza e brumosa, ao lado de outra, de luz (solar) e ouro (rica), provocando a comoção do poeta que tenta projetar o futuro no presente.

Vista desse modo, a irreverência do poema pode ser traduzida como um "cheiro" dos novos tempos, que não se encontrava na perfumaria supérflua de Paris, nem no histórico "Trianon" de lá, mas brotava de certo espírito inquieto, desafiador — ou seja, arlequinal —, que irradiava de artistas e intelectuais da Pauliceia. Seguindo essa linha interpretativa, o poema comporta um olhar para a sociedade (com crítica certeira a determinada classe), misturado aos desejos de mudança de um sujeito poético (também oriundo da elite), porém contraditório, que afronta o seu meio, movido por questionamentos e pelo gesto irreverente. Desse modo, Mário de Andrade se empenha na condução de um pacto entre arte e sociedade, deixando fluir seus poemas por um vivo cruzamento de vozes, numa linguagem crivada de surpresas. E, na costura dos versos de *Pauliceia desvairada*, o poeta segue misturando registros da fala, passando de coloquialismos a termos cultos, de expressões populares a palavras chulas. O hibridismo da língua, o linguajar empolado com as cristalizações do vernáculo são máscaras da ambiguidade, na medida em que acolhem diversos e disparatados retalhos do país.

Teve razão Carlos Drummond de Andrade na leitura que fez da obra de outro modernista, em 1925, escrevendo na estreia de *Pau Brasil*: "Vê-se que Oswald tem material demais. Sua poesia é o próprio Brasil. Dizer mal dela, em bloco é não compreender o Brasil. [...] Como todos de sua geração, talvez sem saber, Oswald de Andrade está se sacrificando para que amanhã os nossos meninos tenham uma poesia com a cor e o cheiro do Brasil".[93] Também no encalço de uma nova linguagem poética para o seu canto, em sintonia com

93 ANDRADE, Carlos Drummond de. "Ta'í!", in *1º Tempo modernista*, p. 260.

a língua falada no Brasil, Mário de Andrade propunha pensá-la como uma espécie de "língua vulgar". Por isso, dar-lhe forma poética significava preparar terreno para a semeadura, a fim de que pudesse brotar de fato uma robusta arte brasileira.

A se tomar o segundo poema de *Pauliceia*, cujo título é "O trovador", é inevitável pensar que o artista do presente nos remete a um passado longínquo da expressão poética, bebendo de outros copos e do seu próprio, como Mário de Andrade fez questão de advertir no "Prefácio interessantíssimo". Nesse caso, a interlocução passa uma vez mais pelo romantismo brasileiro, que a seu modo "bebeu no copo" de "antigos Trovadores". Aqui, novamente em oposição ao futurismo de Marinetti, que rompeu laços com o passado, Mário de Andrade declara: "ninguém pode se libertar duma vez das teorias-avós que bebeu".[94] Ele ressalva, no entanto, que "Marinetti foi grande quando redescobriu o poder sugestivo, associativo, simbólico, universal, musical da palavra em liberdade".[95]

"O trovador", poema composto por dez linhas poéticas, tem seu foco voltado para o último verso, que está apartado dos demais como uma espécie de inscrição. Eis na íntegra o poema:

Sentimentos em mim do asperamente
Dos homens das primeiras eras...
As primaveras de sarcasmo
Intermitentemente no meu coração arlequinal...

94 Idem. "Prefácio interessantíssimo", in *Poesias completas*. São Paulo/Belo Horizonte: Martins/Itatiaia, 1980, p. 14.
95 Idem, p. 16.

Intermitentemente...
Outras vezes é um doente, um frio
Na minha alma doente como um longo som redondo...
Cantabona! Cantabona!
Dlorom...

Sou um tupi tangendo um alaúde!

No ritmo variado de seus versos livres, "O trovador" apresenta apoios sonoros bem definidos, a começar pela propagação das consoantes nasais "m" e "n", como som dominante na maior parte das palavras. No fabrico desse poema, ainda, o uso de advérbios como "asperamente" e "intermitentemente", estranhos à linguagem poética, em especial a modernista, serve para espichar a fala, imprimindo ao poema um som martelado, áspero. E mais, desafiando preceitos, o poeta duplica o advérbio "intermitentemente", intensificando som e sentido. Por esse procedimento, Mário de Andrade contraria a seleção de palavras por "categoria" (poéticas e não poéticas), liberando a entrada do advérbio num reduto interdito. Nesse caso, faz o advérbio vibrar livremente no verso, assegurando-lhe um estatuto diferenciado e subversivo. E aqui o recurso da duplicação tem aval poético, porque "a construção paralela torna-se mais intensa quando é sublinhada pela repetição das palavras dominantes sintaticamente. Este fenômeno chama-se *anáfora*".[96] Além disso, Mário também processa a articulação dos versos por encadeamento.

96 KAYSER, Wolfgang. *A interpretação da obra de arte literária*. Coimbra: Arménio Amado, 1976, p. 125.

Segundo Bandeira, foi um "recurso rítmico muito usado na poesia medieval e é comum na poesia moderna de verso livre".[97]

Nesse conjunto irregular, composto por versos breves interceptados por outros longos, o artista dá guarida a um ritmo desigual, ora espichado pelo reforço de um cavalgamento (*enjambement*), ora com sentido suspenso pelo uso de reticências. Desse modo, o poeta alterna verso prosaico e verso muito sonoro, deixando vibrar as alternâncias e repetições de sons. No movimento irregular das linhas poéticas, trata-se do prolongamento de um verso melódico, que completa o sentido no verso seguinte, dando ênfase ao efeito sonoro: "Outras vezes é um doente, um frio/ Na minha alma doente como um longo som redondo...".

No caso, a articulação sintática que produz o cavalgamento suscita a ideia de continuidade. A linha seguinte, com outro efeito repetitivo empresta ao poema um vocábulo enigmático: "Cantabona! Cantabona!".

Nesse verso o poeta desconcerta uma vez mais o ritmo e faz soar (repicando) uma palavra desconhecida do repertório local: "cantabona". Trata-se de elemento surpresa em relação ao significado. O vocábulo "cantabona", duplicado no mesmo verso e seguido por ponto de exclamação, modifica a cadeia rítmica em relação ao verso anterior, também chamando a atenção sobre si mesmo pelo som do vocábulo. A duplicação que se amolda ao vaivém evoca o dobre longo e monótono de um sino. A relação estabelecida não é gratuita. Consta que o

97 BANDEIRA, Manuel. "Versificação em língua portuguesa", in *Seleta de prosa*. Rio de Janeiro: Nova Fronteira, 1997, p. 557.

termo latino "Cantabona"[98] — "canta bem" — é também a inscrição gravada em um dos sinos do mosteiro de São Bento, fato que certamente era conhecido de Mário de Andrade.

A última linha da mesma estrofe provoca mais um impacto. Desta feita, trata-se de um verso desprovido de sentido lexical, constituído por uma onomatopeia: "Dlorom...". Esse som resultante da variação consonantal e da repetição das mesmas vogais remete à vibração de cordas instrumentais, como se fosse um acorde final. No caso, o uso da pontuação (reticências) ajuda a reforçar uma propagação sonora. Assim, além de indicar o término da execução do "longo som redondo", a expressão separa a estrofe constituída por nove versos da última linha que arremata o poema. Então, de simples efeito imitativo, "dlorom..." transforma-se em mediação, acorde que antecede a declaração de identidade do sujeito poético: "Sou um tupi tangendo um alaúde!".

Nessa frase exclamativa, não é mais a cidade do poema "Inspiração" que comove o poeta, com sua mistura de culturas e de vozes — "Galicismo a berrar nos desertos da América" —, mas é o poeta, habitante de um espaço na América que procura emblematizar uma tradução de

98 Em 25 de janeiro, alguns anos atrás, essa explicação foi ouvida de um funcionário do mosteiro de São Bento, em programa da Televisão Cultura sobre a cidade de São Paulo. Ele revelou que todos os sinos levam no seu interior uma inscrição. Em um dos sinos do mosteiro estava gravado "Cantabona", dada a qualidade do som emitido, segundo sua explicação. Recentemente, em abril de 2011, Pedro Coelho Fragelli informou que há uma fábrica de sinos na Alemanha que se chama "Cantabona". A explicação não invalida o argumento. Ambas valem para o verso de Mário de Andrade.

si mesmo. Recorre então a uma palavra estranha à língua do colonizador português, fundindo na expressão poética mais uma aspereza, o termo "tupi", que é transliteração de um vocábulo da língua geral ameríndia. Nesse reconhecimento, os contrastes e campos de tensão são inevitáveis. De um lado está o sujeito que se exprime, usando uma palavra de um idioma diferente daquele que lhe foi ensinado, embora "tupi" já seja um termo incorporado na sua fala cotidiana. Dando estatuto de identidade a esse vocábulo, pontuam-se distinções culturais entre o português da metrópole e aquele falado no Brasil. Essa forja de Mário de Andrade não é trivial.

Com foco nesse aparato de misturas, o poeta registra na mesma linha o substantivo "alaúde" ("al'-ud"),[99] que por sua vez é transliteração para o português de um termo árabe, assimilado nas línguas românicas. Neste sentido, vemos atualizada a língua poética ao mesmo tempo que se gravam histórias de nossa formação. Ao confirmar a presença da cultura árabe entre os povos ibéricos, pelo tanger do alaúde, o poeta coloca em evidência um aprendizado artístico que, em tempos distantes, ajudou a polir e enriquecer a cultura do rude europeu que tangia animais. Nesse particular (mas não apenas), Mário de Andrade parece também trazer para o primeiro plano, pondo-se face a face com o poema "Pierrot" de Manuel Bandeira, publicado em *Carnaval* (1919): "Seu alaúde de plátano/ Milagre é que não se quebre/ E a sua fronte arde em febre/ Ai dele! E os cuidados matam-no".

99 *Al'-ud*, que deu origem a *laud* em espanhol, a *laude* em português [que deu alaúde] e a *lut*, em francês arcaico. Roland de Candé, *A música — linguagem, estrutura e instrumentos*. Lisboa: Edições 70, 1983.

Com essas questões em vista, a expressão usada para definir a identidade do sujeito poético apresenta-se por uma proposição singular: determinado ser primitivo (tupi), que passa a dominar a escrita (de origem latina) do colonizador (português), executa (tange) um sofisticado instrumento (alaúde), com berço no mundo árabe, alheio à matriz cultural europeia. Por esse artifício Mário de Andrade expõe a consciência que tem da formação brasileira capenga, sem síntese de identidade. E esse é mais um elemento que ajuda a pensar a complexidade dos questionamentos entranhados na sua poesia arlequinal. Dessa perspectiva, em *Pauliceia desvairada* o artista tenta universalizar o poético como um "trovador" dos "tempos modernos" em outras plagas.

Em carta a Manuel Bandeira, datada de 1925, Mário de Andrade destacou o papel importante dos modernistas como preparadores do futuro, aproximando-os dos antigos cantadores medievais. Traçando paralelos, argumenta que "Dante seria incapaz de escrever o italiano da *Comédia* se antes dele não tivesse a escola siciliana e toda a porção de trovadores que já escreviam em língua vulgar. Eles é que permitiram a existência dum Dante pra língua italiana como os cronistas e cantadores portugueses permitiram o português de Camões".[100] Por esse intermédio, Mário parece justificar o termo "trovador", exposto no título do poema de *Pauliceia desvairada*, e que anteriormente reverberou no poema "Canção" de Gonçalves Dias:

100 ANDRADE, Mário de. Carta de 25 de janeiro de 1925, in *Correspondência Mário de Andrade e Manuel Bandeira*. Org. Marcos Antonio de Moraes. São Paulo: Edusp/Instituto de Estudos Brasileiros, 2000, p. 181.

"Tenho alaúde polido/ Em que antigos Trovadores,/ Em tom de guerra atrevido, Cantavam trovas de amores".

Losango cáqui ou Afetos militares de mistura com os porquês de eu saber alemão é outra poética de Mário de Andrade. Publicada em 1926, com capa assinada uma vez mais por Di Cavalcanti, a obra foi dedicada à pintora e amiga Anita Malfatti. Como se observa pelo título, o procedimento explicativo, por alternância, guarda parentesco com a literatura medieval, reavivando mais uma vez um recurso de velha tradição literária. Na atualidade, a explicação alternante refere-se ao período em que o escritor tinha se apresentado como voluntário no Exército, permitindo uma leitura de dupla mão. A figura geométrica que ainda alude aos retalhos da veste do arlequim é de cor cáqui (cor de terra, próximo ao bege), a mesma usada nos uniformes militares. Era também a cor neutra dos uniformes escolares de meninos.

A tomar por "Rondó do tempo presente", temos o artista diante de inquietações formais, dialogando com muitos tempos, mas explorando o próprio caminho. E segue questionando os gêneros para dar forma nova aos seus poemas. Apresenta quadras, tercetos e longas falas em versos livres. No último conjunto, as subdivisões são numeradas por algarismos romanos. Praticando uma espécie de embolada, o poeta parece emendar um poema em outro, passando da toada para a louvação, da cantiga para o rondó. Na "Advertência", com data de 1924, o artista declara: "Me resolvo a publicar este livro assim como foi composto em 1922. É um diário de três meses a que ajuntei uns poucos trechos de outras épocas que o completam e esclarecem. Sensações, ideias, alucinações, brincadeiras, liricamente anotadas.

Raro tive a intenção de poema quando escrevi os versos sem título deste livro". E acrescenta: "Prefiro antes apresentá-las como anotações líricas de momentos de vida e movimentos subconscientes aonde vai com gosto o meu sentimento possivelmente pau-brasil e romântico".[101]

Uma vez mais Mário procura explorar novos territórios. Em *Clã do Jaboti* abre outras frestas para iluminar a sua reflexão poética. Nessa obra, destacam-se "O poeta come amendoim" (dedicado a Drummond); "Carnaval carioca" (para Manuel Bandeira); e "Noturno de Belo Horizonte". Novamente Mário experimenta, na sua fatura lírica, rondós, acalanto, toadas, e continua firme no propósito de incorporar a fala brasileira na sua literatura culta. Em sintonia com as questões propostas pelo poeta, Telê Ancona Lopez enfatiza que em *Clã do Jaboti* Mário de Andrade "transformará em prática culta a validade estética ou técnica de soluções populares, iluminada por uma consciência de Brasil que se propõe crítica dentro de uma poesia de circunstância".[102] Em tempo bem posterior, ao justificar seu próprio modo de escrever, o historiador Luiz Felipe Alencastro mostrou por outra vertente que o esforço de Mário de Andrade não foi em vão. Assim, observa no prefácio a seu livro *O tratado dos viventes do Brasil no Atlântico Sul* que "numa cultura tradicionalmente oral como a nossa, um meio privilegiado de patentear a presença do passado consiste em dar relevo à perenidade das palavras.

101 ANDRADE, Mário de. *Poesias completas*. Ed. crítica de Dilea Zanotto Manfio. São Paulo/Belo Horizonte: Edusp/Itatiaia, 1987, p. 121.
102 LOPEZ, Telê Porto Ancona. "Introdução", in *O turista aprendiz*, de Mário de Andrade, p. 16.

Das palavras, dos coloquialismos — ainda vivos agora — grafados nos textos, na linguagem das estradas, das ruelas e das praias brasileiras [...]".[103]

Outra obra voltada para o exército poético é *Remate de males*, publicada em 1930, no começo de uma nova etapa na vida de Mário de Andrade. As obras publicadas a partir dessa data estão fortemente impregnadas de uma visão política. Compilando poemas de vários tempos estão em *Remate de males* "Eu sou trezentos" (1929); o longo poema "Danças" (1924); "Tempo de Maria" (1928), subdividido em "Moda do corajoso", "Amar sem ser amado, ora pinhões!", "Cantiga do ai", "Lenda das mulheres do peito chato", "Eco e o descorajado", além de "Louvação da tarde" e de "Maria". Na sequência, encontram-se os "Poemas da negra" (1928) e os de "Marco da viração" (com versos escritos de 1924 a 1929), em que se incluiu o tocante poema "Improviso do rapaz morto". Por fim, tem-se a série "Poemas da amiga" (1929-30).

Para Antonio Candido, a poesia de Mário em *Remate de males*

> se desprende dos maneirismos da primeira fase, do pitoresco externo e psicológico, revelando uma tendência que será marcante nele: a capacidade de fundir, num momento único, a pesquisa da sua alma e a pesquisa do seu país, como se fossem duas faces da mesma experiência, irmanadas em certos símbolos de grande efeito: os ritos primitivos, a terra sem males, a preguiça criadora,

103 ALENCASTRO, Luiz Felipe de. *O trato dos viventes — a formação do Brasil no Atlântico Sul séculos XVI e XVII*. São Paulo: Companhia das Letras, 2000, p. 10.

> o caudal turvo e misterioso dos grande rios. Esta tendência irá aumentando até chegar ao seu último poema, "Meditação sobre o Tietê", onde alcança a fusão perfeita do coletivo e do pessoal, numa articulação mágica de temas e imagens tirados de toda a sua obra anterior, cuja coerência profunda é assim revelada.[104]

A série designada "Poemas da negra" (1929), contida em doze segmentos numerados, foi dedicada ao pintor pernambucano Cícero Dias. Envolto pelo cenário do Recife e pela ternura amorosa, o poeta canta: "Nega em teu ser primário a insistência das coisas,/ Me livra do caminho./ Colho mancheias de meus olhares/ Meu pensamento assombra mundos novos, E eu desejava estar contigo...".

Na apresentação da antologia *Os melhores poemas de Mário de Andrade*, feita por Gilda de Mello e Souza, a ensaísta proclamou a essência lírica e a importância histórica que têm os "Poemas da negra", afirmando que neles confluem "a tonalidade afetiva e o sentimento do mundo ambiente". Ela alerta, ainda, que na poesia brasileira é inédita a reverência que Mário de Andrade faz à negra, contrastando com o tratamento do senhor de engenho, cantado pelo viés do erotismo.

Em 1941, Mário de Andrade reuniu suas obras anteriores no volume *Poesias*. Trata-se de uma seleta organizada pelo autor, à qual acrescentou *A costela do Grã Cão* e *Livro azul*. A propósito deste último, Mário de Andrade escreveu a Murilo Miranda em 17 de junho de 41,

104 "Mário de Andrade", in *Presença da literatura brasileira III*, de Antonio Candido e José Aderaldo Castello. São Paulo: Difusão Europeia do Livro, 1974, p. 83.

informando sobre o envio da obra, a fim de que ele a encaminhasse para o Clube do Livro. Preocupado com a edição, quer que Murilo fique atento a todos os detalhes. Quer que haja esmero tipográfico; dá orientações sobre a disposição dos poemas, títulos, dedicatórias etc. É seu desejo explícito que os desenhos sejam de Santa Rosa, que em 1937 já havia ilustrado a segunda edição de *Macunaíma*.

Em *Livro azul* (que saiu na seleta *Poesias*) encontra-se o poema "Rito do irmão pequeno". No estudo que fez sobre a poesia de Mário de Andrade, o crítico João Luiz Lafetá distinguiu-o como o poema "mais abrangente, o que vai mais longe e questiona melhor os fundamentos de nossa civilização". Dando continuidade à sua análise interpretativa, Lafetá acrescenta: "Mário de Andrade elabora uma síntese parcial de suas inquietações e ergue, na linguagem poética, uma utopia em que Eros e Tânatos, reconciliados, deixam de disputar os destinos dos homens e se complementam numa aliança que acaba com o dilaceramento e a dor".[105] Nesse longo estudo, o crítico usa termos como "misterioso", "hermético", "denso" para definir "Rito do irmão pequeno", que considera o ponto alto da produção de Mário de Andrade, ou, nas suas palavras, "realização máxima". Ainda no entender do crítico, esse poema crivado de simbolismo conjuga "equilíbrio formal" e "aprofundamento temático". *Lira paulistana seguida de O carro da miséria* (título determinado pelo autor) data de 1945. Somente em 1955, dez anos após a morte do artista, sairá a primeira edição de *Poesias completas*.

105 LAFETÁ, João Luiz. *Figuração da intimidade — imagens na poesia de Mário de Andrade*. São Paulo: Martins Fontes, 1986, p. 199.

PROSA

"Escrever brasileiro" não foi exotismo nem exploração de superfície para Mário de Andrade. Nesse particular, atenta para o fato de que Mário de Andrade "incursiona pela fala do povo", com empenho, desde 1923, Telê Ancona Lopez considera que "com *Belazarte* ("O besouro e a rosa") nasce o narrador brasileiro 'desgeograficado' de Mário de Andrade",[106] reunindo traços expressivos de diferentes regiões do país. No seu entendimento, o artista dará continuidade a essa abordagem, com muita atenção às particularidades da fala, em *Amar, verbo intransitivo* (1927), que começou a redigir em 1924. Logo mais, em 1926, escreve a primeira redação integral de *Macunaíma: o herói sem nenhum caráter.* Publicada em 1928, essa obra-prima configura-se como a produção mais radical do escritor. Nela, Mário de Andrade fundiu a multiplicidade de usos da língua local e condensou inúmeros procedimentos estéticos, dando largueza a problemas de feição ideológica, numa apreensão em profundidade do Brasil. No tocante à função da arte, Mário de Andrade explicitou sua posição, numa entrevista de 1939, desabafando: "[...] é a famosa história da 'arte' social. Certos artistas brasileiros descobriram de repente em sua ignorância que a arte deve ter uma função social. Ora, a arte sempre teve função social. Nasceu como coisa social e sempre viveu como coisa social que é".[107] E,

106 LOPEZ, Telê Ancona. "Um idílio no modernismo brasileiro", in Vários Autores, *O amar de Mário de Andrade*. Org. Roberto Sagawa. Assis: FCL Publicações, 2010, p. 11. A autora retoma, em parte, seu ensaio de 1981, "Uma difícil conjugação".

107 ANDRADE, Mário de. "A arte sempre foi uma coisa social" (1939). Entrevista concedida a Carlos Castello Branco para *Mensagem* (BH). Reproduzido em *Entrevistas e depoimentos*. Org. Telê Ancona Lopez. São Paulo: T. A. Queiroz, 1983, p. 74.

depois de mencionar Dante, Cervantes, Tolstoi, por usarem a arte como instrumento de luta mais evidente, acrescenta: "Porém, o que ninguém pode negar é que todos estes combatentes foram admiráveis artistas e que é justamente pela beleza de exposição formal do seu pensamento que eles adquiriram o valor de combate que têm".[108]

A prosa experimental de Mário de Andrade desponta com *Amar, verbo intransitivo*, que o artista classifica como idílio. Dando atualidade a esse gênero, Mário observa que na sua obra ele "não tem mais a objetividade pastoril". Na sequência, acrescenta: "Idílio para mim é todo passe de amor, cheio de doçura e sobretudo cheio de pureza. Ora assim como o idílio de Fräulein e Carlos Sousa Costa de *Amar, verbo intransitivo* é puríssimo. Não da pureza tradicional, do conceito relativo do pecado cristão, está claro. É puro porque tem essa pureza da fatalidade".[109] Avivada pela análise de viés psicológico, que denota a presença das leituras de Freud, a obra

> não possui capítulos conforme a norma aceita, numeração de sequências ou títulos para elas. É um texto de ficção construído pelas cenas que fixam diretamente momentos, *flashes*, resgatando o passado, ou que são apresentadas pelo Narrador. As cenas contrapõem-se às digressões do Narrador que compete frequentemente, dando grandes demonstrações de conhecimento teórico, com a visão que a heroína tem do mundo e do amor.[110]

---

108 Idem, p. 74.
109 LOPEZ, Telê Ancona. "Um idílio no modernismo brasileiro", in Op. cit. Org. Roberto Sagawa. Assis: FCL Publicações, 2010, p. 19.
110 Idem. "Uma difícil conjugação", in ANDRADE, Mário de. *Amar, verbo intransitivo*. Belo Horizonte: Itatiaia, 1982, p. 13.

No relato de *Amar, verbo intransitivo*, Mário de Andrade irá assumir uma expressão linguística ousada, impondo à sua prosa as marcas da oralidade na comunicação cotidiana, praticando toda sorte de violação de regras, ao arrepio de uma história em que as regras rígidas servem para compor uma farsa social. A obra exibe também diferentes marcas do expressionismo, conjugando indivíduo e sofrimento humano, tingidos pela dor, pelo desejo e pela utopia.

Assim, por diversas vertentes Mário de Andrade escancara em *Amar, verbo intransitivo* comportamentos sociais arraigados na família burguesa de seu tempo, de aparência bem-comportada e sem ímpeto, vivendo de acordo com as regras patriarcais, na história do livro condensadas na família Sousa Costa. O relato focaliza o homem moderno (seu contemporâneo) burguês, fechado em seu mundo de convenções e moralismos de fachada. Dessa perspectiva, o artista exibe uma faceta da sociedade de seu tempo (com eixo na paulistana), ainda não explorada na ficção — atrelando relação amorosa e transação mercantil no reduto familiar, centrando-se na iniciação sexual de um adolescente. Na negociação realizada fora de casa, com objetivos claros expostos pelo chefe da família, determina-se que a ação deverá ser escamoteada no cotidiano da casa. Assim é que *Fräulein* Elza, uma alemã de 35 anos, aportará de mala e cuia na residência dos Souza Costa, para cumprir oficialmente a função de governanta. Em relação ao adolescente Carlos, porém, caberá a ela dar conta da lição de amor.

No fluxo narrativo, Elza (como a identifica o narrador) é designada apenas como *Fräulein* ("senhorita", "professora" em alemão) pela família que a contrata, sem nenhuma referência ao seu primeiro nome. Entre outros aspectos que passam do anonimato ao distanciamento de classe, essa subtração fixa, ainda, certo traço da rejeição ao imigrante pela elite. No caso, vale notar, o tratamento cerimonioso (mantido em alemão) dispensado à nova governanta exerce para uso externo a função de uma *griffe*. Por se tratar de um vocábulo estranho ao português do Brasil, não traduzi-lo representa o desejo de exibir o status socioeconômico da família. A etiqueta basta para a família Sousa Costa confirmar seu requinte na escolha de preceptores para os filhos. Por trás de tudo isso, a maior eficácia do invólucro será escamotear em casa e para as relações familiares a dupla condição da profissional contratada. No reverso da medalha, pressionada pelas contingências da vida, vítima de um processo de desumanização, Elza viverá intensamente seus conflitos, angústias e sofrimentos de amor. Assim, pelo viés de uma falsa educação sexual, Mário de Andrade irá abordar temas ousados para a época, como submissão, autonomia, liberdade, sujeição, desejo, repressão. Nesse contexto, é também significativo o fato de o escritor colocar em evidência o papel reservado à mulher numa sociedade mercantil e conservadora, como a nossa, ordenada por princípios do universo masculino e pela moral das aparências, que começa por se desenhar no próprio âmbito familiar.

Há muitos outros componentes misturados nesse idílio, engendrando e pondo em tensão arte e sociedade no mundo que lhe era contemporâneo. Em concordância com Mário de Andrade, Gilda de Mello e Souza considera que *Amar, verbo intransitivo* e *Macunaíma: o herói sem nenhum caráter* são duas obras que se complementam e que "deviam ser lidas como um díptico".[111] Também, atalhando sobre a blague e a ironia, sobre usos da língua e a fala "desgeograficada", Telê Ancona Lopez situa a obra como "antecessora do rapsodo de *Macunaíma*". Cada qual ao seu modo, por exigências dos relatos e técnicas de narrar, nas duas obras os usos da linguagem têm potência demolidora, fundindo uma densa visão do Brasil e do universo das relações humanas. Visto assim, *Amar, verbo intransitivo* tem orientações precisas, nele convergindo traços da psicologia humana e comportamentos de classe, temas sobre os quais Mário de Andrade tanto se empenhou. Ao focalizar posturas de mando na intimidade das relações de trabalho, em relato episódico, e pelo viés do serviço doméstico, Mário de Andrade faz confluírem atraso e progresso, na medida em que, por razões de conveniência, estão atrelados a benefícios de classe.

Para resumir, com a ajuda de "Uma difícil conjugação", recorta-se deste texto de Telê Ancona Lopez um elemento essencial para a compreensão da obra, o idílio. Nessa leitura detida, a ensaísta distingue idílio expressionista e idílio herdado da tradição. No "idílio" de *Amar, verbo intransitivo*, reconhece interlocuções com obras da literatura brasileira (árcades e românticos), vestígios de *Paul et Virginie*, leituras de Bernardin de Saint-Pierre, pegadas de Pirandello, impregnações do expressionismo alemão, além da presença da música. Aponta diálogos de Mário de Andrade com a filosofia,

111 SOUZA, Gilda de Mello e. "O professor de música", in *A ideia e o figurado*. São Paulo: Duas Cidades/Editora 34, 2005, p. 19.

a história, a psicologia. Sua leitura interpretativa confirma o estatuto de obra-prima ao relato desta "lição de amar" de Mário de Andrade.

Há muito mais nesse exame apurado que a ensaísta faz de *Amar, verbo intransitivo*, identificando assimilações e procurando mostrar o trabalho de transformação operado na obra, atenta ao tratamento irônico e à ambiguidade do narrador.

Por fim, considerando nesse conjunto referências sobre os bastidores do fazer de Mário de Andrade, sublinha-se aqui um fragmento do "Inquérito da Editora Macaulay" (Nova York-São Paulo), a que Mário respondeu em 1933. Tratando dos hábitos mais comuns que conserva quando está no processo de criação de determinada obra, o escritor declara:

> Prefiro a solidão, ou sentar-me no banco de algum jardim e puxar conversas com desconhecidos, *chomeurs*, operários, vagabundos. Tenho colhido de alguns muitas das minhas ideias e fatos. Aliás não tenho nenhum personagem em meus livros que seja inventado por mim. Todos eles existem ou existiram. E muitas vezes aproximo personagens que nunca se conheceram e faço vivê-los juntos. Por causa de *Fräulein* sou boicotado pelo *Deutsche Zeitung*, jornal alemão de São Paulo. Muito provavelmente alguns dos personagens alemães se reconheceram no livro...[112]

112 ANDRADE, Mário de. "Resposta ao Inquérito sobre mim pra Macaulay" (1933), in *Entrevistas e depoimentos*. Org. Telê A. Lopez. São Paulo: T. A. Queiroz, 1983, p. 42.

MACUNAÍMA: O HERÓI SEM NENHUM CARÁTER (1928)

Foi na chácara da "Sapucaia", de Pio Lourenço Correa, que Mário de Andrade escreveu a primeira redação de *Macunaíma* em dezembro de 1926. Nessas férias passadas em Araraquara (SP), ele também deliciava as crianças da fazenda vizinha, dos parentes de sua tia Isabel, contando-lhes aventuras do herói Macunaíma. Segundo Gilda de Mello e Souza, o fim do gigante Piaimã (que ainda não tinha o duplo nome de Venceslau Pietro Pietra) teria nascido da sugestão de uma dessas crianças. O próprio gigante encarnava um vizinho fazendeiro, envolvendo uma velha história de brigas e ameaças de morte por causa de uma servidão de passagem.

Nessa obra repleta de informações, as inúmeras fontes compiladas foram refundidas na trama do relato e transformadas. Assim, é importante assinalar que aquele tempo exíguo que deu vida a *Macunaíma* — "uma semana de muito cigarro e rede" — não nasceu de um simples acaso. Como registrou Cavalcanti Proença, em seu fecundo e imprescindível *Roteiro de Macunaíma*, "é preciso [...] que se conheça o método de trabalho de Mário de Andrade, para compreender como foi possível em tão pouco tempo redigir um livro no qual se acumula um despropósito de lendas, superstições, frases feitas, provérbios e modismo de linguagem, tudo sistematizado e intencionalmente entretecido, feito um quadro de triângulos coloridos em que os pedaços, aparentemente juntados ao acaso, delineiam em conjunto a paisagem do Brasil e a figura do brasileiro comum".[113]

A primeira redação sofreu acréscimos e supressões em 1927, depois que Mário de Andrade regressou de sua viagem ao Norte do país. A obra foi publicada em 1928. A segunda edição de *Macunaíma,* revista pelo autor, é de 1937, publicada pela Livraria José Olympio Editora, com capa ilustrada por Santa Rosa. Por fim, no quarto volume das *Obras completas de Mário de Andrade*, da Livraria Martins Editora, saiu em 1944 a terceira edição da obra, em vida do autor.

Antecipando a recepção da futura obra, Mário de Andrade envia uma carta a Manuel Bandeira, datada de 4 de outubro de 1927, contando que está passando *Macunaíma* a limpo. Na oportunidade teceu o seguinte comentário: "Acho que á coisa mais *déroutante* que fiz até agora, esse sim é que vai dar besteira em letra de fôrma. Como é minha mania, escrevi um prefácio pra ele quando escrevi o livro em dezembro passado. Resolvi tirar o prefácio. É um pouco de malvadeza, mas palavra que é uma malvadeza gozada, já passou o mau humor que me deu a incompreensão do idílio". No dia 31 de outubro, chega do Rio de Janeiro uma carta de Manuel Bandeira, avisando: "*Macunaíma* chegou e eu gostei dele". Depois, com base em sua leitura, Bandeira sugere mudanças e tece críticas pontuais. Antes de finalizar a carta, reitera ao amigo que achou a história "muito gostosa". E acrescenta, com agudeza de crítico e de poeta: "Como unificação artística do fundo popular

113 PROENÇA, M. Cavalcanti. "O nascimento", in *Roteiro de Macunaíma.* Rio de Janeiro: Civilização Brasileira, 1978, p. 5.

brasileiro está estupendo. Você empregou otimamente o processo rabelaisiano das enumerações verbais gostosíssimas em se tratando de frutas, árvores e bichos do Brasil, e realmente o único meio de abranger toda a gostosura que vai por aqui. O verbo 'brincar' está um brinco! Como está também um achado a repetição 'agora estão se rindo um pro outro'".[114]

Em *Macunaíma*, Mário de Andrade optou por mostrar grande variedade de aspectos da nacionalidade brasileira, mas não se restringiu a isso. O mito de Macunaíma (herói ameríndio) foi extraído de "Mitos e lendas dos índios Taulipang e Arekuná", histórias reunidas pelo etnólogo alemão Theodor Kock-Grünberg, em *Vom Roraïma zum Oricono*, resultado de uma expedição científica realizada no Norte do Brasil entre 1911 e 1913. É nesse mito difundido na região das Guianas que Mário de Andrade viu coincidirem aspectos da astúcia, da safadeza, da inconsistência oscilante, com a falta de caráter nacional. Assim, apresa simbolicamente o mito, como explica em carta a Manuel Bandeira de 7 de novembro de 1927, considerando que a representação ultrapassa a si mesma, como Dom Quixote — ou seja, mantém a integridade do mito. Desse modo também respeita a flexibilidade das marcas territoriais, expandindo as andanças do herói para além das fronteiras do Brasil, isto é, do mundo cadastrado. Assim, Mário de Andrade contempla no primeiro plano o relato de um passado ameríndio, sem

114 BANDEIRA, Manuel, in *Correspondência Mário de Andrade & Manuel Bandeira*. Organização, introdução e notas: Marcos Antonio de Moraes. São Paulo: Edusp/Instituto de Estudos Brasileiros, USP, 2001, p. 358.

se perder numa exaltação da exuberância nativa, contando façanhas do herói num universo sem data e sem escrita. Nesse relato de feição sério-cômica, também atualiza o mito, fazendo o herói desembarcar (literalmente) na "macota cidade de São Paulo", em busca da sua muiraquitã (pedra com poderes mágicos). E, valendo-se do contraditório, o artista desentranha aspectos da formação local em muitos de seus amálgamas: étnico, cultural, linguístico, sociológico, psicológico (do coletivo). E isso se faz por meio de discursos, histórias condensadas, miríades de lendas, falas e casos, cantos e expressões, numa espécie de estrutura cumulativa, que sustenta o andamento da obra. Nesse mundo de tantas forjas e bifurcações, impera o herói de nossa gente, corpo de piá em constante metamorfose. A história é contada por um narrador-rapsodo que, ouvindo de um papagaio os feitos que o herói a ele confiou, irá recontá-los naquela mesma "fala impura", transformando o relato oral em escrito.

O relato de *Macunaíma* está disposto em dezessete capítulos numerados, além de um "Epílogo", sem numeração. Na rapsódia de Mário de Andrade, Macunaíma é um herói mítico, "filho do medo e da noite". Nasce no fundo do Mato Virgem e termina mutilado, atraído pela imagem da Uiara no espelho de uma lagoa. Filho de uma índia tapanhumas, o "herói de nossa gente" passa a infância nas entranhas da selva, por onde corre o rio Uraricoera. Preto retinto, ainda criança matou por equívoco a própria mãe com uma flechada, porque estava camuflada em animal de caça. Casou-se com Ci, a Mãe do Mato, guerreira da tribo das icamiabas. Como sua mulher era a Rainha das Amazonas, o consórcio tornou

Macunaíma imperador do Mato Virgem. Tiveram um filho que morreu envenenado pelo leite materno. Movida pelo desgosto, Ci resolve virar estrela do céu, como reza o mito. Deixou como herança para Macunaíma, a sua muiraquitã. Essa pedra-talismã em forma de sáurio, perdida pelo herói, foi parar nas mãos do gigante comedor de gente Piaimã, de dupla identidade, o regatão peruano Venceslau Pietro Pietra, um esperto colecionador que mora na cidade de São Paulo.

A pedra roubada, além de ser uma lembrança de Ci, era para Macunaíma uma fonte de fartura e meio de conseguir os mais íntimos desejos. Em seu encalço, passará por todas as partes do país e vizinhanças. Numa dessas andanças, banhando-se nas águas de uma fonte encantada, transformou-se para sempre em um lindo príncipe, loiro e de olhos azuis, façanha que seus irmãos mais velhos, Maanape e Jiguê, não conseguiram completar — o mais novo ficou da cor de bronze e o mais velho só com a planta dos pés branca. Ao sair do mato virgem, à procura da pedra, Macunaíma deixará sua consciência dependurada num mandacaru, na ilha de Marapatá, para resgate futuro. Segundo a tradição popular, essa ilha seria o limite da consciência do civilizado. No sentido inverso, registrado por Cavalcanti Proença (*Roteiro de Macunaíma*), dizia-se o mesmo do seringueiro do Norte que entrava mato adentro em busca de fortuna, no *boom* da extração da borracha. Com isso, Mário de Andrade vai mesclando relatos dentro do relato, e implica nesse episódio o flanco aberto para Macunaíma se corromper. Na tradição do Velho Mundo, dizia-se que o europeu deixava a consciência no cabo da Boa Esperança quando partia para fazer fortuna no Oriente.

Movido pelo resgate da muiraquitã, Macunaíma fixou-se em São Paulo com seus dois irmãos, viajou para o Rio de Janeiro, retornou à capital paulista. De passagem pela então capital federal, comprometeu-se com as duas filhas de Vei, a Sol, o mito indígena da luz, símbolo feminino. O encontro narrado no capítulo VIII é de fundamental importância no quadro estruturador da narrativa, deixando expostas muitas das marcas do caráter inconstante de Macunaíma. Isso porque aceita se casar com as filhas de Vei, jurando-lhes fidelidade. E, nessa mesma manhã, nem bem o carro de Vei se afasta para o passeio do dia, Macunaíma quebrará o pacto por causa de uma portuguesa vendedora de peixe, desprezando a própria origem.

É na cidade grande que habita a velha Ceiuci e seu marido Piaimã, personagem ávida por dinheiro e de índole maléfica, figurada pelo traço de perversidade. Ele é o antagonista do piá Macunaíma, mas não em termos de bem e mal. O conflito se dá porque o herói de nossa gente não tem caráter assumido, oscila de acordo com as circunstâncias. Avesso ao trabalho, libertino com as mulheres, ora medroso, ora tomado de coragem para enfrentar situações de perigo (matar o gigante), Macunaíma é por vezes de uma astúcia infantil. Desbocado, pândego nas trapalhadas, pode-se dizer que já é "malandro de nascença".[115] A permanência do herói em São Paulo, assim como a de seus dois irmãos, será desastrosa,

115 A formulação é de Antonio Candido, em "Dialética da malandragem", texto em que situa Macunaíma na linhagem de Leonardo, personagem de *Memórias de um sargento de Milícias*, de Manuel Antônio de Almeida.

mesmo considerando a heroica façanha de matar Piaimã. Pertencentes a outro universo cultural, serão massacrados pelo meio. Certo é que desconhecem regras essenciais da sociedade do dinheiro, orientada pela ganância, pela conquista do poder a qualquer preço. Para conseguir um bom convívio, ou para compreender a lógica do dinheiro a qualquer preço, não bastou a Macunaíma substituir as filhas de Vei, a Sol pela portuguesa, transformar homens e animais em máquinas, ou traduzir termos de uma língua para outra ("icamiabas" por "Amazonas", por exemplo), como escreve na sua "Carta". Porque, tomadas de empréstimo, sem fundamento cultural, as palavras aprendidas de outro código são fórmulas de superfície, insuficientes para Macunaíma enfrentar o mundo adverso do capital. Até fisicamente seu organismo se ressentia, sem condições de criar defesas para os males da cidade. Assim, socialmente marginalizados, pobres, contraindo doenças como impaludismo e maleita, o herói Macunaíma e seus irmãos tarde demais resolvem bater em retirada para o Uraricoera.

Na saída de São Paulo, Macunaíma apelará para sua força vingativa. E, embora não seja mais possível reverter situações, usará poderes que a condição de mito lhe permitia para, num passe de mágica, transformar a cidade que o maltratara num bicho-preguiça de pedra. Com o gesto, manifestou sua decepção em conformidade com o sofrimento. Ao transformar o "tabu" (cidade) em "tótem" (preguiça), Macunaíma petrifica e castiga o mundo que o rejeitou. É significativo que sua escolha recairá sobre um animal dos domínios de sua cultura.

Nesse andamento da narrativa, Macunaíma também repetirá a sentença (negativa) e proverbial de sua lavra, reiterando num murmúrio a condição precária e desumana do país: "— Pouca saúde e muita saúva, os males do Brasil são... Enxugou a lágrima, consertou o beicinho tremendo. Então fez um caborge: sacudiu os braços no ar e virou a taba gigante num bicho-preguiça todinho de pedra. Partiram".[116]

Como se observa, o rapsodo secunda Macunaíma de modo simultâneo, dialeticamente dimensionando o herói (mito) nas franjas da humanidade.

Tudo isso ocorre porque, apartado de sua consciência, procedendo à troca de código linguístico e cultural, e embasbacado com as benesses da cidade, Macunaíma fica completamente seduzido pelo outro. Mestre em aplicar logros, ele próprio cairá numa cilada, pela dificuldade em assimilar as novas regras de um mundo que lhe é adverso. Como resultado de seu caráter titubeante, ora se submete diante das ameaças, ora se rebela e engana, ora se deixa seduzir e enganar. Nem de um lado, nem de outro, sempre oscilando, preferindo fingir a dar-se por enganado, Macunaíma é iludido no seu encantamento com a cidade. Desconhecendo as regras da civilização do dinheiro, a batalha estava de antemão perdida, ainda que tenha derrotado o gigante Piaimã/Venceslau Pietro Pietra e recuperado a muiraquitã. Isso porque, àquela altura dos acontecimentos, a força do mito havia se perdido, contagiado por doenças, debilitado, e contando mais com a proteção do seu

116 ANDRADE, Mário de. *Macunaíma: o herói sem nenhum caráter.* Edição crítica de Telê Ancona Lopez. Paris/São Paulo: Archivos/Unesco/CNPq, 1988, p. 137. Todas as citações da obra foram extraídas dessa edição.

meio de origem. Acresce que a traição do herói também provocará o rompimento com sua tradição e o consequente desabrigo do mito solar. Sem a muiraquitã, e sem nenhuma outra proteção equivalente, a vida do herói na cidade grande será amarga, cheia de hostilidades e de armadilhas. Marginalizado, cumulado de desventuras, com os irmãos doentes, Macunaíma decide retomar o caminho de casa e resgatar a consciência deixada na ilha de Marapatá. Esforço vão, porque ela havia sido devorada pelas formigas. Em conformidade com suas características, o herói não se atrapalha e coloca na cabeça a consciência de um hispano-americano, entendendo ser a mesma coisa.

O retorno ao Uraricoera será marcado pela fome, doença e cansaço. Na volta à casa (tapera), Macunaíma carregou como lembrança alguns fetiches da civilização (relógio, revólver, gaiola, galo e galinha Legorne). Como àquela altura já não reconhece todos os sinais do seu antigo *habitat*, deixa-se seduzir pelo canto da Uiara, lançando-se numa lagoa cheia de piranhas para se refrescar do calor. Consegue se salvar por causa da proteção de Vei, que no último momento teve pena do herói. Mesmo assim, Macunaíma sai da água com o corpo mutilado — sem uma perna. Sem lugar, desajustado, sem "pátria" (identidade), conta seus casos para um papagaio (também ave mítica, do tempo em que os animais falavam) e desiste de sofrer na terra. Sobe para o céu, virando "brilho inútil" de estrela. Foi transformado na constelação da "Ursa Maior", que dá nome ao último capítulo da obra. Encontramos nessa subida noturna, e no refúgio celeste da personagem, uma atitude romântica, no sentido de fuga, isolamento, desejo de se juntar à mulher amada. Na dimensão do mito é ainda uma suspensão ou negação da história. Contrapartida irônica e satírica desse mundo idealizado, o rapsodo adotará a fala nova de Macunaíma. E, ao imprimir seu canto, exibe um terceiro movimento, no qual a identidade não está nem no índio (mito) nem no outro (estranho), mas é fruto da mestiçagem, metamorfose resultante de muitas fusões.

Atento à retração final do herói, o crítico João Luiz Lafetá observou que o relato rapsódico de Mário de Andrade,

> embora concentre grande dose de alegria e confiança, já se mostra marcado por traços francamente pessimistas. A consciência do país, que despertara em meio ao clima positivo que julga descobrir as potencialidades nacionais, aprofunda-se e torna-se problemática. A identificação com o Brasil não se torna nada fácil — "o herói sem nenhum caráter" chega ao ponto de provar todas as máscaras e preferir a fluidez variada de uma transmutação incessante, apresentando-se simultaneamente com muitas caras.[117]

Visto sob esse prisma, Mário de Andrade traz à tona nessa costura de cantos um país cheio de arestas, crivado de contradições. E, no "herói de nossa gente", "herói sem nenhum caráter" (nem bom, nem mau: caráter ainda por formar), o artista procurou exprimir o dilaceramento local, chave de toda a sua produção poética. O mito de Macunaíma corrobora, então, o sentimento

117 LAFETÁ, João Luiz. *Figuração da intimidade*. São Paulo: Martins Fontes, 1986, p. 27.

de insegurança, que resulta no traço de caráter oscilante, e em sua ruinosa mutilação. Oscilar, hesitar, vacilar, tremer, mover, agitar, balançar, sacudir, são verbos usados em demasia no relato rapsódico. São verbos de movimento com carga semântica fixada na indefinição, perfilando o herói Macunaíma como síntese, como "herói sem nenhum caráter", mas também se projetando no Brasil, cuja ausência de caráter (na leitura do modernista) começaria pela própria falta de caráter da expressão verbal. Retomemos uma anotação de Mário de Andrade, a propósito do herói da sua rapsódia: "O que me interessou por Macunaíma foi incontestavelmente a preocupação em que vivo de trabalhar e descobrir o mais que possa a entidade nacional dos brasileiros. Ora, depois de pelejar muito verifiquei uma coisa me parece que certa: o brasileiro não tem caráter. [...] (O brasileiro não tem caráter porquê (*sic*) não possui nem civilização própria nem consciência tradicional)".[118] A falta de consciência tradicional em *Macunaíma* deve ser sublinhada, na medida em que Mário de Andrade faz o seu "herói" abandonar a dele, perdê-la e, sem o menor constrangimento, adotar outra, a do hispano-americano. Por sua vez, a ausência de caráter é igualmente explícita na rapsódia, a partir do título. Na discussão que travou por carta com o poeta Manuel Bandeira, Mário chama a atenção para um aspecto importante de seu relato:

118 ANDRADE, Mário de. "Prefácio" inédito escrito para a primeira versão da obra, segundo anota o próprio autor, in *Macunaíma: o herói sem nenhum caráter*. Ed. crítica de Telê Ancona Lopez. Paris/São Paulo: Archivos/Unesco/CNPq, 1988, pp. 351-2.

> Aqui um detalhe importantíssimo que creio passou inteiramente virgem de você: a criança está caracterizada *justamente porque inda* não é homem brasileiro. Fiz questão de mostrar e acentuar que Macunaíma como brasileiro que é *não tem caráter.* Isso eu falava no prefácio da segunda versão e mostrarei pra você aqui. Ponha reparo: Macunaíma ora é corajoso, ora covarde. Nada sistematizado em psicologia individual ou étnica. Avança e vence o monstro Capei, depois foge duma cabeça decepada.[119]

Para entender o Brasil na convivência de dois mundos que se opõem antagonicamente e se apresentam sem solução de síntese, porque resultado de deformação, orienta-se a discussão para o problema da ambiguidade que alicerça a cultura brasileira. Conforme discutido por Antonio Candido em *Literatura e sociedade*, o pressuposto que se acata aqui para nortear a reflexão é o de que somos "um povo *latino*, de herança cultural europeia, mas etnicamente mestiço, situado nos trópicos, influenciado por culturas primitivas, ameríndias e africanas".[120]

119 Idem. Carta a Manuel Bandeira, s/d, in *Macunaíma: o herói sem nenhum caráter.* Ed. crítica de Telê Ancona Lopez. Paris/São Paulo: Archivos/Unesco/CNPq, 1988, p. 396.
120 CANDIDO, Antonio. "Literatura e cultura — de 1900 a 1945", in *Literatura e sociedade*. São Paulo: Comp. Ed. Nacional, 1973, p. 119.

CONTOS

No ofício da arte da palavra, de que foi nosso maior mestre, Machado de Assis considerava o conto um "gênero difícil", conforme escreve em "Instinto de nacionalidade", embora o tenha enfrentado e extraído o melhor do gênero, com um legado de obras-primas em que traduziu tanto seu "sentimento íntimo" de escritor como o do "homem de seu tempo e do seu país".[121] Por essa forma breve, concisa, que envolve intensidade e tensão, cada artista parece criar sua própria concepção no tratamento dado ao tema. Mário de Andrade também explorou essa modalidade de narrativa, começando a escrever seus contos na década de 1920. André Jolles, em *Formas simples*, aproxima o conto de outras formas narrativas, a exemplo da saga, mito, legenda, chiste, ditado, caso, adivinha, que também se diferenciam quanto à *forma artística*. No ensaio "Do conto breve e seus arredores", J. Cortázar observa que o conto é movido pela concisão e que nele o quantitativo deve se conjugar ao qualitativo. De acordo com esse crítico, o conto é lugar da decisão de urgência e da atenção concentrada, prática de estratégias, em que qualquer engano poderá ser fatal.

Problemático por si mesmo em sua classificação, basta ler os contos de Mário de Andrade para entender que essa modalidade narrativa, de ponta aguda, continua a provocar perguntas e suscitar polêmicas. Numa entrevista que concedeu à revista *Leitura* em 1944, ao ser indagado se estava escrevendo uma nova obra de ficção,

121 ASSIS, Machado de, in *Obra completa*. "Notícia da atual literatura brasileira: instinto de nacionalidade". Rio de Janeiro: Nova Aguilar, 1992, p. 806.

Mário respondeu: "Talvez uns contos... Sim: certamente uns contos. Com a velhice que está chegando, vivo apaixonado pela forma do conto, a sua concisão honesta, a sua ausência de comunicação direta do artista com o leitor, Creio que farei ainda um livro de contos".[122]

Primeiro andar (1926) é a obra inaugural de Mário de Andrade como ficcionista. Com uma segunda edição em vida do autor, em 1932, foi incluída no volume de sua *Obra imatura*, em que mistura poética, ficção e poesia. Nesse conjunto encontram-se "Conto de Natal", "Caçada de macuco", "Caso Pansudo" (*sic*), "Galo que não cantou", "Eva", "Brasília" (dedicado a Sérgio Milliet), "História com data", "Moral quotidiana" (1922), "Caso em que entra bugre", "Briga das pastoras", "Os sírios" (1920). No ensaio *Dramaturgia modernista em 22*, Iná Camargo Costa aborda um conto de *Primeiro andar* no segmento "À boa sociedade, o que é de gente fina", chamando a atenção para o incisivo diálogo de Mário com o teatro e também para uma postura radical do artista: "Ele ficava mais sério quando se tratava de fazer humor". E argumenta:

> Para começo de conversa, ao identificar *Moral quotidiana* como tragédia, insistindo em nota "juro que é tragédia", Mário indica que, por muito engraçado, o que será visto é verdadeiramente trágico. Mas como é de costume em nossa vida literária, não adiantou o aviso: confirmando mais uma vez a nossa dificuldade de iden-

122 ANDRADE, Mário de. "1944 — Minha obra pode servir de lição" (entrevista a Jussieu da Cunha Batista), in *Entrevistas e depoimentos*. Org. Telê Ancona Lopez. São Paulo: T. A. Queiroz, 1983, p. 114.

> tificar experiências relevantes, a nota de rodapé passou como apenas mais uma das excentricidades do "poeta futurista". Não deve ter sido outra a razão para que a peça fosse publicada no volume *Obra imatura*, que ainda se lê ao pé da letra.[123]

Mário de Andrade divulgou *Belazarte* na revista *América Brasileira*. Escritas na década de 1920, essas histórias só saíram em livro no ano de 1934. Na edição que integra as *Obras completas* do autor, constou o título *Os contos de Belazarte*. Na primeira edição, Mário incluiu o "Caso em que entra bugre", considerado por ele um "intermédio". Na segunda edição (1944), retirou esse conto e acrescentou "O besouro e a rosa" (1923), deslocado do livro *Primeiro andar*. Contendo narrativas breves, o artista exibe um modo peculiar de apresentar as histórias, abrindo-as com o seguinte enunciado como expressão de apoio: "Belazarte me contou". Tendo esse interlocutor como "narrador-testemunha", Mário de Andrade apresenta relatos variados, que fluem numa linguagem informal, bastante descontraída. Por exemplo, em "Jaburu malandro" (1924), lemos: "Belazarte me contou: 'Pois é... tem vidas assim, tão bem preparadinhas, sem surpresa... São ver gaveta arranjada, com que facilidade você tira a cueca até no escuro, mesmo que ela este ja no fundo! Mas vem um estabanado, revira tudo, quedê cueca? Está aí mesmo seu dotoire!'". Nessa mesma

123 COSTA, Iná Camargo. "Dramaturgia modernista em 22", in *Literatura e Sociedade 7 — Modernismo*. Org. Maria Augusta Fonseca. Revista do Departamento de Teoria Literária e Literatura Comparada, FFLCH-USP, 2003-4, p. 251.

obra, dedicada a António de Alcântara Machado, o escritor incluiu o conto "Nízia Figueira, sua criada!", escrito em 1925. Outro, "Piá não sofre? Sofre", data de 1926, e mais: "Caim, Caim, e o resto" (1924), "Menina de olho no fundo" (1925) e "Túmulo, túmulo, túmulo" (1926). Nessa interlocução, em que se desfiam casos, o leitor é um ouvinte. Auxiliado pelo bordão, "Belazarte me contou", Mário impõe ao relato uma oralidade caseira, explorando acontecimentos da vida diária, situações anedóticas, bisbilhotando a vida alheia. Coerente com os relatos, aborda temas populares, recorta falas do cotidiano, explora o universo das expressões populares. Mistura, ainda, expressões em língua estrangeira e outras tantas retiradas de adaptações do imigrante à fala local, extraindo de palavras e expressões grande variedade de sons e de ritmos. O tom da comicidade predomina. Assim procedendo, Mário de Andrade firma seus propósitos de transpor a linguagem popular para a obra de arte literária.

Com contos quase sempre ambientados na cidade de São Paulo, o caldo de cultura também se afeiçoa à pluralidade de seus habitantes, focalizando a gente humilde, como operários e trabalhadores informais que vivem nos bairros periféricos. O artista nos remete ao cotidiano das personagens em suas ocupações, modos de ser, afetos, iluminando traços significativos de certo filão da vida social e das relações humanas. Essa obra experimental de Mário de Andrade articula-se a duas outras importantes criações ficcionais, centradas em diferentes camadas sociais: o idílio *Amar, verbo intransitivo* e a rapsódia *Macunaíma: o herói sem nenhum caráter*.

No rol de sua produção, a obra *Contos novos*, escrita entre 1930 e 1943, foi editada postumamente, em 1956, no sétimo volume das *Obras completas,* apesar de constar como trabalho já preparado pelo autor para publicação. Na reprodução do "projeto de livro", que consta da edição da Livraria Martins, Mário de Andrade primeiro nomeou a obra como *Contos piores.* Depois, como se lê, assinalou os trabalhos que já estavam prontos, distinguindo-os dos demais, ainda por acertar ou escrever, e foram renomeados como *Contos novos.* Na publicação das *Obras completas,* a editora manteve nove dos doze títulos relacionados pelo autor, excluindo os que o artista considerou inacabados. Obra de maturidade artística, com acentuado timbre de humor e sarcasmo, neles Mário de Andrade traz do campo e da cidade os desvalidos, a elite rural, a classe média, envolvendo-os em muitas tramas. Os contos publicados são "Vestida de preto", "O ladrão", "Primeiro de maio", "Atrás da catedral de Ruão", "O poço", "O peru de Natal", "Frederico Paciência", "Nelson", "Tempo da camisolinha".

A redação do primeiro deles, "Vestida de preto", foi iniciada no Rio de Janeiro, em 1939, mas o conto só foi concluído em 1943, em São Paulo. Nele o artista explicita, ainda, que o relato está impregnado de elementos autobiográficos. Ele inclui, ainda, no corpo do relato a própria definição desse gênero narrativo. No parágrafo de abertura de "Vestida de preto", o narrador declara: "Nem sei bem si o que vou contar é conto ou não, sei que é verdade. Minha impressão é que tenho amado sempre... Depois do amor grande por mim que brotou aos três anos e durou até cinco mais ou menos, logo o meu amor se dirigiu para uma prima longínqua que frequentava a nossa casa. [...]/ Maria foi o meu primeiro amor".[124]

A história de "O poço" foi inspirada num parente distante de Mário de Andrade, um fazendeiro severo e senhor de mando, muito culto, linguista autodidata, com quem o artista manteve laços de amizade e travou longa correspondência. O parente era familiarmente chamado de "tio Pio". Mário foi também seu grande admirador, embora ambos fossem críticos em relação a diferentes posições assumidas. O conto, protagonizado por Joaquim Prestes, trata de um fazendeiro rico: "automóveis tinha três". Atípico entre os proprietários de terra, era estudioso de alemão e possuía vasta literatura sobre abelhas. O conto mostra esse proprietário rural como um homem de visão: "[...] estourara na zona a mania dos fazendeiros ricos adquirirem terrenos na barranca do Mogi pra pesqueiros de estimação. Joaquim Prestes fora dos que inventaram a moda, como sempre: homem cioso de suas iniciativas, meio cultivando uma vaidade de família [...]". Toda essa introdução, perfilando Joaquim Prestes, serve para o artista enquadrar um episódio deprimente, que põe no centro da roda as relações entre patrão e empregados. A causa: uma caneta-tinteiro que o fazendeiro portava, e que involuntariamente cai dentro de um poço. O trabalho de recuperá-la coloca em risco a saúde e a vida de empregados envolvidos na busca, mas esse perigo não abala o proprietário, que, afinal, deseja recuperar o objeto perdido.

Estabelecendo muitos contrastes entre a vida dos homens humildes e suas relações com o mando,

124 "Vestida de preto", p. 7.

contrastando fartura e condições precárias de trabalho, o narrador exibe nas atitudes assumidas pelos trabalhadores traços de submissão, outros de revolta. Em boa parte do conto, dá voz àqueles por meio de diálogos. Uma vez mais, por necessidade interna, o artista lança mão da linguagem coloquial, das expressões populares, da variedade de andamento, privilegiando o essencial na economia do texto.

Sobre o conto "O ladrão", que também figura na obra, Mário informa que o desenvolveu "a partir de umas croniquetas historiadas que, sob os pseudônimos de Luís Pinho e Luís Antônio Marques, publiquei no *Diário Nacional* de São Paulo, em 1931".[125] Assim ele revela mais dois de seus pseudônimos, que se juntam a Mário Sobral.

BALANÇA, TROMBETA E BATTLESHIP OU O DESCOBRIMENTO DA ALMA (LIVRO INACABADO, ESCRITO COM AS ANOTAÇÕES DA VIAGEM DE MÁRIO AO NORTE DO PAÍS EM 1927)[126]

Inédito até 1994, e publicado parcialmente como um conto, a obra *Balança, Trombeta e Battleship ou o descobrimento da alma* é, na verdade, fração de um romance que o artista deixou inconcluso. Registra-se, porém, que Mário de Andrade divulgou, em 1940, uma pequena

125 "O ladrão", p. 33.
126 ANDRADE, Mário de. *Balança, Trombeta e Battleship ou o descobrimento da alma*. Edição genética e crítica de Telê Ancona Lopez. São Paulo: Instituto Moreira Salles/Instituto de Estudos Brasileiros, 1994, p. 179.

parte da obra nas páginas da revista modernista portuguesa *Presença*. Os primeiros esboços dessa obra coincidem com os tempos da aventura amazônica por ele empreendida em 1927, tendo como companheiras de viagem a amiga Olívia Guedes Penteado e duas adolescentes, Margarida e Dulce, respectivamente a sobrinha de d. Olívia e a filha da pintora Tarsila do Amaral. Para aquelas amigas, o artista cunhou apelidos emprestados também à ficção: Juízo Final, Trombeta, Balança. Contemporâneo de *Amar, verbo intransitivo* (1927), de *Macunaíma: o herói sem nenhum caráter* (1928) e do diário de bordo *O turista aprendiz* (outra experiência literária da mesma viagem, com publicação póstuma), podem-se reconhecer em *Balança* ecos de *Clã do Jabuti* (1926) e de *A escrava que não é Isaura* (1925).

Battleship, jovem inglês, *pickpocket* [batedor de carteiras], ruma para a Argentina à cata de aventuras. Em escala no Rio de Janeiro, um imprevisto o desvia de seus planos. Então, perambula pela capital federal, depois por Minas Gerais, até eleger a rica cidade de São Paulo para palco de seus furtos. No desempenho da "função", depara com duas jovenzinhas (Balança e Trombeta) que, marginalizadas pela pobreza, tentam a sobrevivência ora batendo carteiras, ora esmolando. A princípio curioso, e depois seduzido pela atuação das meninas, Battleship passa a persegui-las, até conseguir uma aproximação. Impressionado com a condição de sujeira em que vivem, exploradas por uma "velha mulatona" (Juízo Final), Battleship arma um jogo de sedução que resulta num encontro amoroso, movido pelo propósito aparente de tirar-lhes a lama num "riacho de chuva".

Escrito ao sabor de um inventário linguístico, este conto mescla a oralidade da fala cotidiana à linguagem culta. No exercício do fazer, Mário de Andrade tange deslocamentos rítmicos — a repetição marcada a tempos irregulares explora a polivalência dos signos "lama", "alma", "arma", "amar", "água". De um lado erotiza, furta (parodia versos de *Pau Brasil*), viola procedimentos; de outro, duplica na linguagem o mundo oficial dos clichês, das datas cívicas, a condição de autômato. O olhar sorrateiro do narrador entrança a consciência social da brutalidade ao fascínio sem data dos jogos amorosos. E não apenas. A cidade que desenha a face apolínea do conto dá lugar aos "mistérios dionisíacos" — valendo de uma expressão de Nietzsche. A nova ordem envolve o solitário Battleship (arremedo épico) e as adolescentes; traz a nudez e a descoberta da sexualidade. Do ambiente urbano desloca-se para a periferia e para o mergulho nas águas, onde se dão a violação e o encontro.

Na sarabanda estratégica dos signos, descouraçar também metaforiza o livrar-se da condição de "battleship", humanizar-se. As três personagens-título, desprovidas de "aura", coisificadas, despojos humanos, não por acaso têm nomes de objetos: Battleship (couraçado, blindado de guerra), Trombeta, Balança. Bifurcam-se sagrado e profano, herança cultural e atualidade. Mário de Andrade problematiza e deixa emergir o caráter provisório do equilíbrio (Balança) — inocência e astúcia. Nesta visada, o descobrimento resulta de certo desassossego, do deslocamento, da procura, da metamorfose. O narrador, que persegue e espreita, define: "Se diria que a virgindade não depende nem do corpo nem das sabenças do espírito, mas da consciência de um erro grande da natureza, de que somos todos vítimas...". Libertar-se da couraça e da condição enlameada pressupõe, para Mário de Andrade, tornar visível o invisível. Psique é alma, e borboleta é matéria que se liberta. Lótus é flor da lama, amor, beleza e desejo que se esconde, como a arte que, engendrando surpresas, faculta duvidar e pensar por descaminhos, esconderijos, furtos, fugas.

MÚSICA

PEQUENA HISTÓRIA DA MÚSICA (1944)

Obra publicada em tempos sombrios, quando estava em curso a Segunda Guerra Mundial, tem como propósito a difícil tarefa de condensar a história da música, mostrar resumidamente autores e obras, apresentar conceitos, escolher fragmentos e exemplificar por meio de partituras. Informativa e formativa, *Pequena história da música* é mais um exemplo da erudição e da capacidade de síntese e de questionamentos de Mário de Andrade. Em face da situação de gravidade mundial, que provocou um momentâneo isolamento cultural no país, trata-se de uma preciosa contribuição para o público brasileiro, especialista ou não. Num total de treze capítulos, o escritor conjuga música elementar e da Antiguidade; vai do classicismo ao romantismo; inclui monodia cristã e polifonia católica; apresenta a música profana e o melodrama. Nesse conjunto se incluem textos sobre polifonia protestante e música instrumental. Dois de seus capítulos destacam-se por um diferencial inovador com a inserção de estudos voltados para particularidades da arte local. Trata-se um detalhe importante e singular. Situando criticamente a "música erudita brasileira" e a "música popular brasileira", Mário de Andrade assim escreve sobre a primeira, na abertura do capítulo XI:

> A música erudita no Brasil foi um fenômeno de transplantação. Por isso, até na primeira década do século XX, ela mostrou sobre tudo (*sic*) um espírito subserviente de colônia. Perseveramos musicalmente colo-

> niais até a convulsão de 1914, firmando o estado de espírito novo, ao mesmo tempo que dava a todos os países uma percepção por assim dizer objetiva da tonalidade do universo e despertava no homem uma consciência, mais íntima de universalismo, também evidenciava as diferenças existentes entre as raças e legitimava em todos os agrupamentos humanos a consciência racial.[127]

No último capítulo, intitulado "Atualidade", o autor registra o final da guerra de 1914 como o momento em que as artes teriam novo impulso. Procurando estabelecer conexões, ele explica: "E no meio de muita festa, no meio da fome de divertimento e brincadeira que agora tomou o mundo (como toma em todas as épocas em que uma civilização se acaba), compreendemos melhor o que havia de russo em Stravinski, de ianque no *jazz-band*, de italiano no futurismo de Rússolo, de alemão no expressionismo de Schoenberg".

Mário de Andrade foi um pesquisador e compilador incansável da cultura popular, deixando inúmeros textos a respeito do assunto: *Danças dramáticas do Brasil* (3 vols.), *Os cocos, As melodias do boi*. Os dois últimos foram coligidos por Oneyda Alvarenga, que a eles se dedicou num trabalho intenso. Esses livros só chegaram ao público anos depois da morte do escritor. Em *As melodias do boi*, por exemplo, estão diversas peças reunidas por Mário de Andrade, contendo melodias do boi propriamente ditas, como aboios, toadas, romances; outras peças como modinhas, desafios, modas de viola. Há os cantos

127 ANDRADE, Mário de. *Pequena história da música,* p. 163.

infantis, em que se incluem acalantos e rodas. Nesse conjunto também se encontram parlendas cantadas e pregões; cantos de trabalho, cantos de igreja, além de peças para "Dona Ausente". A difícil tarefa de organização coube a Oneyda Alvarenga, que manteve as classificações estabelecidas por Mário de Andrade. Nesse volume, os registros com as notações musicais são acompanhados de comentários e trazem reproduções dos cantos. E há *Música, doce música*, que conta entre os textos com uma leitura bastante original sobre o "desafio", entrando pelo território da cultura popular e do folclore. Além dessas obras, há outras importantes — de *Música de feitiçaria no Brasil* e *Introduçao à estética musical* a *Namoros com a medicina* e *O banquete*. Este último, publicado postumamente, tem como apresentação um estudo crítico assinado por Jorge Coli e Luiz Carlos Dantas. Sobre esse livro inacabado, Gilda de Mello e Souza também escreveu um comentário em *O sentido e o figurado* e falou sobre *O banquete* numa entrevista a Antonio Dimas para o *Jornal da Tarde*, edição de 23 de fevereiro de 1978, trazendo reflexões de Mário de Andrade sobre arte e participação social. A propósito dessa obra, ela lembra que o escritor deu andamento às ideias expostas no curso de História da Arte da Universidade do Distrito Federal, em 1938. Para a crítica, "*O banquete* é o último dos grandes textos teóricos deixados por Mário de Andrade. Trata-se de uma reflexão em registro satírico e em forma de diálogo, onde o escritor procura sintetizar as linhas mestras e os temas principais do seu pensamento estético". E prossegue: "Apesar de ter surgido de maneira fracionada, de 4 de maio de 1944 a 22 de fevereiro de 1945, na seção "Mundo Musical" da *Folha da Manhã*, alternando com artigos de assunto diversos, o texto foi concebido como unidade dramática coerente".[128] Nesse ensaio sobre estética Mário de Andrade convidou para um mesmo banquete a virtuosa Siomara Ponga, Pastor Fido e Janjão.

Nesse conjunto, cabe ainda mencionar *Café* — "Concepção melodramática" (São Paulo, 1933-39-42), conforme anotado pelo autor. As datas apostas contam um pouco da trajetória da escrita. Em 15 de dezembro de 1942, Mário de Andrade escreve uma súmula explicativa, com base nos seguintes tópicos: Primeiro ato — primeira cena. "Porto Paraíso"; segunda cena. "A Companhia Cafeeira, S.A.". Segundo ato — primeira cena. "Câmara-ballet"; segunda cena. "O êxodo". Terceiro ato. "Dia novo". Sobre este último, ele esclarece:

> O que chamo de "Dia Novo" é o dia da vitória da revolução que afinal acabou estourando mesmo. Chegara enfim o tempo em que o povo não tivera capacidade mais pra não se revoltar, se revoltara. Vai haver luta, briga brava em cena que estamos num desses tentáculos de guerra com que a revolução, se espraiando pela cidade convulsionada, a dominará afinal. As mulheres, no cortiço em que a cena se desenrola, são mulheres de operários. As mesmas vestimentas vivas das mulheres dos estivadores do primeiro ato. Os soldados da situação governistas estarão cáqui acinzentado bem neutro, contrastando com as cores vivas dos revoltosos.[129]

128 SOUZA, Gilda de Mello e. "*O banquete*", in *Exercícios de leitura*. São Paulo: Duas Cidades, 1980, p. 35.
129 ANDRADE, Mário de. *Poesias completas*. Edição crítica de Diléa Zanotto Manfio. São Paulo/Belo Horizonte: Edusp/Itatiaia, 1987, pp. 414-5.

A redação dessa obra inacabada de Mário de Andrade teve início em 1925. O escritor publicou "fragmentos do romance *Café*" na década de 1930, na *Illustração Brasileira* e na revista *Movimento Brasileiro*. Depois, em 1943, divulgou partes mais extensas ("Vida do cantador") no jornal *Folha da Manhã* de São Paulo, segundo informações de Tatiana Longo Figueiredo, presentes na tese *Café — o trajeto de criação de um romance inacabado de Mário de Andrade*. A pesquisadora menciona nesse trabalho a existência de dois projetos da obra: romance e ópera. Nesse estudo minucioso sobre os bastidores e a trajetória da obra, Tatiana Longo buscou recuperar as "notas de trabalho, planos, esquema, esboços, versões com muitas etapas de redação", além de trazer "textos recortados de periódicos e notas de leitura deixadas nas margens dos livros" por Mário de Andrade, numa compilação de crivo crítico e de muito fôlego. Na leitura desse percurso, ela registra circunstâncias históricas diversas — meados de 1924 a 1929, entrando pelos anos 1930, até fevereiro de 1945. Somos informados de que circunstâncias externas ao escritor, mas que dizem respeito a ele como cidadão, também afetaram sua consciência crítica e, em consequência disso, os rumos de sua criação.

Pontualmente, os estudos dos manuscritos de *Café* ajudam a conhecer os bastidores da obra em andamento, em diferentes temporalidades, e permitem observar, por exemplo, a prática de novos arranjos e ritmos que o artista imprime aos registros. De outro lado, como assinalado no estudo, nos inteiramos de conflitos, indagações, dúvidas, mudanças de rumo praticadas pelo escritor e que reverberam na obra em construção. E assim tomamos conhecimento de afinidades e desencontros, avanços e recuos. Ainda nessa constelação de manuscritos é possível acompanhar assimilações de um texto em outro, com encontros, desencontros e metamorfoses, mostrando o irrequieto processo de criação de Mário de Andrade em busca da redação definitiva. No ir e vir, ora *Café* se transforma em ópera, ora em conto. "No primeiro desses textos, o autor classifica 'Vida do cantador' como 'conto', reconhecendo-lhe o caráter ficcional", de acordo com o que está indicado em "O percurso de Mário de Andrade" (1944, *Folha da Manhã*). Seja peça dramática, romance, conto, muitos dos desdobramentos são embrionários de novas criações. Urdindo uma teoria do fazer, segundo Tatiana Longo, Mário de Andrade antecipava em carta (24 de agosto de 1944) a Carlos Drummond de Andrade o processo espinhoso de criação: "Às vezes sinto a fatalidade sem que haja ideia primeira. Sento e escrevo o que vem vindo, quando acho bom guardo, quando não presta rasgo. Às vezes o mando vem com a ideia e a coisa se cria imediatamente, mas isto é mais raro. E às vezes espero, espero, e a coisa dura muitos anos pra chegar. [...]".[130] Em outra carta, endereçada a Pio Lourenço Corrêa em data anterior (1942), Mário conta: "[...] inicio em fevereiro, a reescritura do meu romance *O café*. Reli agora as notas preparando a continuação de onde o livro estava parado [...]". Referindo-se às personagens, ele observa: "São verdadeiros *close-up* de cinema, que me servem pra expor a complexidade

130 FIGUEIREDO, Tatiana Longo. *Café — O trajeto da criação de um romance inacabado de Mário de Andrade*. 3 vols. Tese de doutoramento. FFLCH/USP. São Paulo, 2009, vol. I, p. LX.

civilizada do estado de São Paulo. Com a riqueza subitânea do café, a consequente atração de estrangeiros de todo o mundo [...]".[131]

Nesses roteiros do *Café* é possível reconhecer pegadas de *Macunaíma*, de *Amar, verbo intransitivo*, bem como a presença de pesquisas sobre o folclore brasileiro, entre outros interesses que o absorviam desde a década de 1920. Muitas questões de fundo que Mário tratou em *Café* dialogam com *Memórias sentimentais de João Miramar*, *Serafim Ponte Grande* e *Marco Zero* de Oswald de Andrade, mostrando que as divergências e a drástica ruptura de relacionamento não impediram que as afinidades artísticas aflorassem.

131 Idem. Tese *Café*, p. LIII.

JORNAL, CORRES- PONDÊNCIA E OUTROS ESCRITOS

Nesse apanhado, estão incluídos crônica, artigo, estudo sobre a fala brasileira, manifesto sobre arte poética, conferência, correspondência, considerando uma ínfima seleção entre a vasta produção do escritor. Aqui o intuito é ilustrar mais um pouco a multiplicidade de interesses, a seriedade da pesquisa e a dimensão da reflexão crítica de Mário de Andrade. Outra pequena parcela de sua produção também foi utilizada em referências e em citações, no corpo da primeira parte deste livro: "Um retrato do artista".

Na produção de Mário de Andrade há um lugar de destaque reservado para as crônicas — *Os filhos da Candinha*, *Crônicas de Malazarte* — e para aquelas que ele divulgou em jornais. Nesse campo do jornalismo, com espaço aberto para exercício de um estilo permeável, como aquele da crônica, a atividade foi praticada desde cedo pelo escritor, que ao longo da vida escreveu para diversos órgãos da imprensa diária. De modo geral, Marcos Antonio de Moraes observa que "a crônica de Mário de Andrade, em sua condição natural de gênero de fronteira, tira dessa particularidade sua força expressiva, sobretudo ao incorporar elementos da autobiografia."[132] As mais de quarenta crônicas de *Os filhos da Candinha* são bem uma amostragem do quanto Mário de Andrade explorou possibilidades desse gênero de circunstância, brevíssimo, misturando ficção, confissão, rotina autobiográfica, juízos sobre a política, vida citadina. Há considerações atiladas, tecidas com sutilezas de estilo, até mesmo quando a crônica é movida por um tema tão banal como

132 MORAES, Marcos Antonio de. "Artes de um cronista", in ANDRADE, Mário de. *Os filhos da Candinha*. Estabelecimento do texto e notas de João Francisco Franklin Gonçalves. Rio de Janeiro: Agir, 2008, p. 182.

o tempo e as mudanças climáticas. Conferindo um tratamento literário inventivo a essa interlocução mais imediata com o leitor, às vezes o cronista procura explicitá-la com intimidade. Por exemplo, pondo em foco os dias radiosos de abril, em crônica do mesmo nome, o escritor passa do supérfluo imediato às questões de fundo:

> Não importam comparações, me esqueço de outras terras. Abril será também maravilhoso em Caldas... Mas São Paulo é uma cidade ruim, compadre. Os viajantes que desde o primeiro século andaram por Piratininga, todos exaltam o clima paulistano, a sua salubridade. Me dão a idéia de que passaram aqui todos por abril. Porque São Paulo é uma cidade ruim, bem traiçoeira. Aqui moram as laringites, os resfriados e a pneumonia. Eis que o calor grosso se enlameia de chuva e, nascendo dos bueiros, bate de supetão uma friagem de morte encontrada nos desvãos do trabalho do dia.[133]

Nessa obra Mário encontra uma linguagem própria e um andamento adequado para tratar os temas. E faz isso de modo tão eficaz que ele mesmo reconhece ter conseguido um "estilo normal" novo para dar vazão a tantos "assuntos novos".[134]

Em *Mário de Andrade — Táxi e Crônicas no Diário Nacional*, Telê Ancona Lopez reuniu publicações em colunas fixas nas décadas de 1920 e 1930. Na leitura desse extenso volume temos uma medida das incursões de Mário de

133 ANDRADE, Mário de. "Abril". Op. cit., p. 69.
134 A propósito, leia-se "História de um livro no dizer do autor" de João Francisco Franklin Gonçalves. ANDRADE, Mário de. Op. cit., pp. 11-25.

Andrade por essa atividade, inicialmente entendida como escrita sobre o cotidiano, à qual imprimiu boa dose de humor. Depois, como assinala Telê Ancona Lopez, na organização desse trabalho, o escritor deu-lhe sentido diacrônico. Em seus estudos, ela ressalta que Mário prezava muito esse gênero jornalístico, que de origem nobre passou a texto livre, e que, para ele, não era artigo nem ficção. No seu entender, essa modalidade de expressão híbrida permitia ao cronista libertar-se do rigor dos gêneros. Mário impôs às suas crônicas a miscelânea de temas, a mistura de gêneros, a mobilidade linguística e a leveza de trato associada ao exame exigente. Ele também incursiona pela ortografia, fala de Cícero Dias, de Blaise Cendrars. Ocupa-se com o *Zeppelin*, com as artes gráficas, com a epistolografia. Miss Brasil, maleita, café queimado, o folclore e Sinhô estão na lista de suas mais diversas preocupações. Daí a insistência nos questionamentos sobre o gênero e a rejeição àquele leitor que considera a crônica um exercício de mera brincadeira.

"A DIVINA PREGUIÇA" E *O TURISTA APRENDIZ*

Em um artigo de 1918, intitulado "A divina preguiça",[135] Mário de Andrade expõe algumas de suas ideias sobre arte, partindo de diferentes conceitos (não expandidos)

135 ANDRADE, Mário de. "A divina preguiça". São Paulo, 27 ago. 1918, in ROSSETTI, Marta e outros. *1º Tempo modernista*. Documentação do Instituto de Estudos Brasileiros. Gilda de Mello e Souza, em *O tupi e o alaúde* (São Paulo: Duas Cidades, 1979), assinala que esse artigo de Mário seria um embrião de *Macunaíma*.

de ócio e preguiça, aludindo à história da tradição ocidental. Nessa breve exposição, o escritor define a "divina preguiça" como o ócio que propicia a criação, isto é, um momento de contemplação, de distanciamento da miudeza rotineira, fator que julga indispensável à reflexão. Seu fundamento esteia-se na Antiguidade Clássica, firmando-se no apogeu do século de Péricles, quando a Grécia atingiu seu ápice de desenvolvimento cultural. Seu raciocínio parte desse referencial para afiançar que toda a maturação criadora é devedora do ócio contemplativo.

Definido esse momento que propicia a criação, Mário de Andrade passa às diferenças, designando outras modalidades do ócio a que chama de "improdutivo" ou de *far niente*. Essa outra categoria de uma mesma expressão se assemelha, no seu entender, àquele ócio condenado pela moral cristã e contra o qual também o autor verbera. Para exemplificar, o escritor situa nessa modalidade tanto os chamados indolentes como aqueles que praticam a rapinagem do capital. De outra parte, alinhando-se aos fundamentos do ócio criador, Mário sustenta que a produção artística, as realizações do prazer, a busca da integridade do homem, a desautomação cotidiana só florescem na sucessão de relaxamento e de tensões em que se dá o processo criador. É, pois, sob esse prisma que pretendo orientar a discussão sobre a preguiça e suas expansões simbólicas. Neste sentido, o primeiro passo seria entender o papel assegurado ao bicho-preguiça no relato de *Macunaíma*, animal que, segundo a lenda, vivia nas proximidades do paraíso terreal.[136]

136 HOLANDA, Sérgio Buarque de. *Visão do paraíso*. São Paulo: Companhia Ed. Nacional, 1985, p. 216.

Em maio de 1927, durante a viagem ao Norte do país, Mário de Andrade fez anotações mais tarde publicadas em *O turista aprendiz*. Nessa mescla de diário e ficção, incluiu a "Lenda do aparecimento do homem", para colocar em cena os preguiças e os imaginários índios Do-Mi-Sol:

> É por basear toda a vida no princípio essencial da consciência do movimento que os preguiças são tão felizes, vivem sempre bem-dispostos e na tal guerra com os guaribas, receberam a palma da vitória. Então dividiram o mundo. Obrigaram os guaribas a ficar em terra, ao passo que eles, preguiças ficavam nos ramos da embaúva. Os índios Do-Mi-Sol se dizem descendentes dos preguiças; ao passo que os guaribas, obrigados a andar em terra se foram transformando nos outros índios e em mim [...].

Nesse texto, Mário de Andrade registrou a definição que ele próprio forjou em 1918, proclamando a filosofia da divina preguiça. E assim se manifesta: "Forçoso é continuar, para que o idealismo floresça e as ilusões fecundem, a castigar os que se aviltam no 'far niente' burguês e vicioso e a exalçar os que compreenderam e sublimaram as artes, no convívio da divina Preguiça!".[137] Na sua concepção sobre a preguiça, ele descarta aquela identificada com a indolência, como na aproximação que Lobato fez do caboclo Jeca Tatu,

137 ANDRADE, Mário de. "A divina preguiça". São Paulo, 27 ago. 1918, in ROSSETTI, Marta e outros. *1º Tempo modernista*. Documentação do Instituto de Estudos Brasileiros.

concepção que também está em *Retrato do Brasil* (1928), de Paulo Prado.

Ao argumentar que o artista necessita do ócio, Mário de Andrade cogita: "A arte nasceu porventura dum bocejo sublime, assim como o sentimento do belo deve ter surgido duma contemplação ociosa da natureza".[138] Na diferença estabelecida entre a preguiça pecaminosa, identificada pelo cristianismo, e aquela contemplativa, posta em prática na Grécia antiga, Mário aproxima esta última do "ócio gigantesco" com que os indígenas da América explicariam o repouso das almas depois da morte, e acrescenta: "a mesma concepção do Eldorado de Poe".[139]

GRAMATIQUINHA DA FALA BRASILEIRA (OBRA INACABADA)

Os fragmentos dessa obra em progresso deixados pelo escritor foram posteriormente publicados com anotações de Edith Pimentel Pinto, sob o título de *A gramatiquinha de Mário de Andrade*. Em seus apontamentos preparatórios, Mário de Andrade procurou ordenar mudanças radicais operadas em vários níveis da língua falada no Brasil: do vocabulário aos usos expressivos; da sintaxe à prosódia. Esse diferencial, que se manifesta na oralidade por muitos meandros, mescla termos e expressões da língua geral, dos africanismos, e ainda

138 Idem.

139 Idem.

entrança repertórios extraídos de línguas faladas por imigrantes, principalmente o italiano e o espanhol. E há outras modalidades de usos da língua comum que Mário de Andrade extraiu de diversos autores que transpuseram para a linguagem escrita expressões emprestadas da oralidade. Esse campo alargado de suas investigações foi assimilado de modo consistente na sua linguagem poética, que por sua vez é de feição culta. Ao conferir estatuto poético-literário à expressão oral popular e àquela de uso comum na fala diária, o escritor põe em prática a militância modernista, interessada em diminuir distâncias entre escritor e público, sem abrir mão da complexidade estética.

Entre os verbetes de sua *Gramatiquinha*, encontra-se o registro daquela definição do Brasil como "um corpo espandongado, mal costurado". E acrescenta: "Nesse monstrengo político existe uma língua oficial emprestada e que não representa nem a psicologia, nem a índole, nem as necessidades, nem os ideais do simulacro de povo que se chama o povo brasileiro".[140] Essa visão negativa, conforme o próprio Mário de Andrade adverte, não é "reação contra Portugal". Segundo ele, "trata-se duma independência natural, sem reivindicações, nem nacionalismos, sem antagonismos, simplesmente, inconscientemente. Se trata de 'ser'. O brasileiro tem direito de ser".[141]

140 Mário de Andrade, citado por PINTO, E. Pimentel, in *O português do Brasil — textos críticos e teóricos –2-1920/1945 — Fontes para a teoria e a história.* Rio de Janeiro/São Paulo: LTC/Edusp, 1981, p. 321.

141 Idem. *A gramatiquinha de Mário de Andrade — texto e contexto.* Org. Edith Pimentel Pinto. São Paulo: Duas Cidades, 1990, p. 333.

“PREFÁCIO INTERESSANTÍSSIMO” (1921)

Escrito para o livro *Pauliceia desvairada*, Mário de Andrade apresenta nessa abertura uma plataforma do ideário modernista, em luta contra o atraso e o aprisionamento das artes, assumindo ao final que os esforços de ruptura e mudança poderiam ser resumidos numa declaração de Gorch Fock, segundo a qual “toda canção de liberdade vem do cárcere”, ali citando o escritor alemão Johann Wilhelm Kinau (1880-1916) através de seu pseudônimo. Desvencilhar-se dos rígidos comandos do fazer parnasiano, declarar guerra à importação acrítica de concepções sobre arte, buscar diretrizes em seu tempo que pudessem dar conta de uma nova sensibilidade artística eram questões que estavam no horizonte dos modernistas. E nisso residiu o lema de Aníbal Machado: “Não sabemos o que queremos, sabemos o que não queremos”. Essa visão de um espírito coletivo terá ressonâncias no “Prefácio interessantíssimo” de *Pauliceia desvairada* (1922). O prefácio-manifesto de Mário de Andrade, vivo em formulações, dúvidas e propósitos, combinava com seriedade e humor. Por esse intermédio o poeta funda a escola poética do desvairismo, que considera encerrada ao final do “Prefácio”, fazendo valer uma vez mais seu espírito de contradição e de blague. Em suas linhas quebradas à feição de versos, o escritor traz debates sobre a arte, artistas da atualidade e do passado para a forja de um pensamento crítico. As propostas são regidas pelo humor, fazendo valer o espírito arlequinal, misto de blague e de seriedade, de convergência universal.

No título que lhe confere, Mário usa a forma superlativa, "interessantíssimo", abonando de modo jocoso um termo inútil como qualidade do prefácio. Nas articulações da nova poética, firma propósitos, informando que escreve sob "impulsão lírica" (poética):

> Acredito que o lirismo, nascido no inconsciente, acrisolado [depurado, de cadinho, vaso usado em experiências químicas e temperaturas elevadas] num pensamento claro ou confuso, cria frases que são versos inteiros, sem prejuízo de medir tantas sílabas, com acentuação determinada. [...] A inspiração é fugaz, violenta. Qualquer impecilho a perturba e mesmo emudece. Arte, que somada a Lirismo, dá poesia [em nota Mário de Andrade, explicita: Lirismo + Arte = Poesia. Fórmula de P. Dermée.], não consiste em prejudicar a doida carreira do estado lírico para avisá-lo das pedras e cercas de arame do caminho.

Por isso, em seus propósitos poéticos, o escritor incluiu o abandono dos versos metrificados.

Nesse longo prefácio, ele declara estar em desacordo com o que postulava o futurismo de Marinetti, interessado apenas no tempo presente. Assim, argumenta: "ninguém pode se libertar duma vez das teorias-avós que bebeu".[142] A esse respeito, afiança não ter assimilado bem as teorias modernas, declarando-se um primitivo diante do novo. Alinhavando diretrizes de seu pensamento crítico, voltado para o desvairismo,

142 "Prefácio interessantíssimo", in *Poesias completas*, São Paulo/Belo Horizonte: Martins/Itatiaia, 1980, p. 14.

conclui que tanto o profeta como o poeta fazem versos, mas o último é que seria louco.

Na sua proposta teórica, Mário de Andrade consigna que a poética está à frente da retórica, mas a música está à frente da poética. E desafia seu leitor: "Sei construir teorias engenhosas. Quer ver?". Na sua justificativa explica: "A música passou da melodia para a harmonia, enquanto a poética ficou essencialmente melódica". Com isso, ele adianta elementos da formulação que fará de "verso polifônico", propondo uma reviravolta na construção: "Ora, se em vez de unicamente usar versos melódicos horizontais [...] fizermos que se sigam palavras sem ligação imediata entre si: essas palavras pelo fato mesmo de se não seguirem intelectual, gramaticalmente, se sobrepõem umas às outras, para a nossa sensação, formando, não mais melodias, mas harmonias [...]". Nesse entender, o verso harmônico seria a combinação de sons simultâneos, pelo uso de palavras soltas, isoladas, equivalente a notas vibrando no verso "à espera duma frase que lhe faça adquirir sentido e QUE NÃO VEM". Ou seja, são palavras telegráficas, que para Mário de Andrade "não formam uma enumeração", mas resultam num "acorde harpejado". Se junto ao verso harmônico for usada a frase solta, equivalente à melodia, a superposição resultará em "polifonia poética". O exemplo por ele fornecido é de versos extraídos de *Pauliceia desvairada*: "São Paulo é um palco de bailados russos" [verso melódico] e "A cainçalha... A Bolsa... As jogatinas..." [verso harmônico].

Entre 1922 e 1924 Mário de Andrade redigiu o ensaio-manifesto *A escrava que não é Isaura*. Nesse longo e questionador texto em defesa da estética moderna, ele criou mais uma instância de agitação em torno desse debate. Ao título parodiado de *A escrava Isaura* (obra do escritor romântico Bernardo Guimarães), o artista adicionou um subtítulo definidor de propósitos: "Discurso sobre algumas tendências da poesia moderna". Nele Mário de Andrade se refere à arte poética, ao papel do poeta e a particularidades da poesia. O discurso foi dividido em duas partes. Na primeira, que trata da poética, volta-se para o fenômeno da criação literária. Na segunda, com foco na retórica, expõe questões relacionadas com o artista criador. Ali também se ocupa com o receptor das obras, advertindo: "É o leitor que se deve elevar à sensibilidade do poeta, não é o poeta a que se deve baixar à sensibilidade do leitor. Pois este que traduza o telegrama".

Nesse conjunto, de um lado ele põe em evidência poesia, lirismo, beleza e inspiração, avaliando que tudo contribui para que o lirismo da nova poesia não deixe de atentar para seus elementos técnicos que seriam verso livre, rima livre, vitória do dicionário. De outro, focaliza a retórica, as relações entre novo e velho, remexendo o passado literário. Com respeito ao artista (criador), alia a arte ao máximo de crítica, advertindo sobre a necessidade de haver concordância entre princípios estéticos e técnicos, por sua vez vinculados ao princípio psicológico. Nesse particular, o crítico Roberto Schwarz, em *A sereia e o desconfiado*, examina aspectos da posição assumida pelo artista no ensaio "O psicologismo na poética de Mário de Andrade" (1961), procurando mostrar contradições presentes nesse entendimento da arte. O problema está em Mário conferir a tudo um caráter psicologizante. Em razão disso, afirma seu protesto: "O psicologismo que apontamos não vai sem tributo. A poesia, por ser estado de revelação de estados de subconsciência, fica limitada a eles. Perde o papel criador, pois o seu objetivo estaria no que a vida já gravou em nós, e não no universo por fazer que é imaginário; fica estreitamente comprometida com a verdade — não com a sua, ficcional, mas com a real, que passa a ser critério de seu valor".[143]

O crítico observa, ainda, que no posfácio escrito em 1924 Mário irá mudar em relação ao "prestígio da subconsciência", voltando suas inquietações para o nacionalismo, que entende ser apenas uma inversão de posições. O mapeamento que Roberto Schwarz faz da produção de Mário é amplo, palmilhando o conjunto de sua obra crítica com foco nas formulações poéticas e nas suas contradições. Embora reconheça a excelência dessa produção, Schwarz reclama da falta de discussão sobre o "fenômeno estético propriamente dito". Também nota a oscilação no que diz respeito a "seus termos *psicologistas*", que variam de acordo com o contexto. Passa por alguns textos de Mário de Andrade, em obras como *O empalhador de passarinho* e *Aspectos da literatura brasileira*. Quase ao final de suas reflexões, o crítico encontra em *Curso de filosofia e história da arte* novas formulações que levaram o escritor à superação. E ilustra, recortando de um fragmento sobre "Sentimento e expressão", o entendimento de objeto artístico: "A nova síntese terá que se reger por uma das três ideias

143 SCHWARZ, Roberto. "O psicologismo na poética de Mário de Andrade" (1961), in *A sereia e o desconfiado*. Rio de Janeiro: Civilização Brasileira, 1965, p. 5.

normativas que regem o próprio ser. Não podendo se reger pela Verdade por ser fundamentalmente mentirosa (*corrige* o objeto natural), nem pelo Bem por ser inútil (é ideal), a nova síntese busca se exprimir pelo belo". Os dois esclarecimentos entre parênteses são de Schwarz, que vê na formulação a derrubada dos princípios oscilantes entre Verdade e Bem construídos por Mário, do qual seria cativo. Na sequência, anota: "Embora não tenhamos notícias de novas especulações a partir da posição mais fecunda alcançada aqui, fica ao leitor a satisfação de saber que Mário saiu de seu poço".[144]

144 Idem, p. 10.

CONFE-RÊNCIAS

Entre as conferências proferidas por Mário de Andrade, notabilizam-se "O sequestro da Dona Ausente", "O movimento modernista", "Cultura musical" (1936, como paraninfo do Conservatório), "Música de feitiçaria no Brasil", "Música brasileira contemporânea".

A primeira, que data de 1933 e foi proferida no Rio de Janeiro, é "O sequestro da Dona Ausente". Nela, Mário de Andrade apresenta um estudo inovador sobre o folclore luso-brasileiro e enfatiza a ausência da mulher nas viagens de além-mar, incluindo aquelas rumo ao Brasil, então colônia portuguesa. A falta de mulheres nas viagens, no seu entender, resultou em um "recalque". Observando o problema com base na determinação do universo masculino, Mário de Andrade notou que a figura feminina desaparecia das manifestações poéticas populares nos poemas e relatos sobre viagens e aventuras marítimas. O texto resulta de uma série de pesquisas e compilações probatórias feitas pelo escritor.

Em 1942, no Rio de Janeiro, convidado por estudantes, Mário de Andrade irá proferir a sua mais importante conferência, "O movimento modernista". Analisando o movimento de 1922 de uma perspectiva histórica e crítica, ele fala com melancolia e por vezes com a chama do entusiasmo sobre o período áureo do modernismo na década de 1920. Por meio de uma análise sensível e contundente, Mário relembra o grupo de artistas e intelectuais, a diversidade e a proximidade de interesses, os encontros cotidianos e as intensas atividades culturais, as pessoas envolvidas, indo do apogeu ao declínio; expõe não apenas as crises no seio do grupo, mas aquelas que afetavam o Brasil e o clima que imperava tanto lá fora como aqui no início da década de

1930, as quais caminhavam para tempos soturnos no final da década, com a ditadura no país e a guerra na Europa. Apontando a rebeldia e as inovações profundas que os modernistas trouxeram, o escritor também foi capaz de ver com a distância do tempo o que havia sido inócuo e superficial, e os desdobramentos que levaram à dissolução de grupos. Para ele a década de 1930 foi um divisor de tendências e radicalizações — do comunismo ao integralismo: "Na rua, o povo gritava: — Getúlio! — Getúlio!... Na sombra, Plínio Salgado pintava de verde a sua megalomania de Esperado".[145] E lastima que muitos daqueles amigos tenham se abalado ou confraternizado com o que havia de mais retrógrado e conservador.

Na análise sobre o movimento de 1922, Mário de Andrade valoriza sua importância pela "fusão de três princípios fundamentais: o direito permanente à pesquisa estética. A atualização da inteligência artística brasileira; e a estabilização de uma consciência criadora nacional".[146]

145 ANDRADE, Mário de. "O movimento modernista", in *Aspectos da literatura brasileira*. São Paulo: Martins Editora, 1974, p. 242.
146 Idem.

CORRES-
PON-
DÊNCIA

No conjunto de sua obra, é digna de nota a correspondência que Mário de Andrade manteve com vários amigos, de maior ou menor intimidade. Das confidências às rotinas de trabalho, do registro de lazer à produção literária, tudo é motivo de conversa para ele. No ir e vir das cartas alarga-se em análises penetrantes, aprofunda questões sobre estética e poética, comenta artigos de jornal, fala de amigos e de desafetos. Aconselha, argumenta, reflete, acata muitas ideias, rejeita outras, pondera, volta atrás, é inflexível. A leitura das cartas nos leva para muitas direções. Os temas tratados variam, e vão de miudezas a grandes questões. Põe em pauta o Brasil, reflete sobre os acontecimentos no mundo, louva encontros fraternos, faz reflexões sobre indivíduos. Sua última carta, de 17 de fevereiro de 1945, foi endereçada a Murilo Miranda. Mário de Andrade faleceu em 25 de fevereiro do mesmo ano, oito dias depois de ter escrito essa carta.

Na sua correspondência com Manuel Bandeira, por exemplo, embutem-se verdadeiros tratados de literatura e sobre o processo criador. Música e artes plásticas são outros temas caros a Mário de Andrade em sua constante conversa por carta. E tanto nas reflexões mais atiladas como no comentário ligeiro, passa da psicologia para a arte, da filosofia para a música, da literatura para o cotidiano, do trabalho na instituição à paisagem que o rodeia, do funcionamento perverso da máquina burocrática aos projetos coletivos, da guerra às desavenças pessoais, da euforia à tristeza. Por exemplo, pensando na organização do Congresso da Língua Nacional Cantada, escreve uma carta-convite em 13 de fevereiro de 1937 a Otávio Dias Leite, comentando: "Não tem o

Congresso, e muito menos o Departamento de Cultura, a ambição vaidosa de fixar desde logo as regras inflexíveis e a tradição de como deve ser o canto artístico e a dicção em língua nacional".[147] O intuito de Mário, segundo atesta, é "apenas pôr em campo de estudo tão importante, discuti-lo e aventar normas principais com que professores de canto, cantores e compositores possam aconselhar-se e libertar-se da mesquinha incongruência das soluções improvisadas, dos cacoetes meramente pessoais em que se extraviam atualmente".[148]

Em outras circunstâncias, a leitura de suas cartas mostra também o amor platônico e o encantamento que nutria por Tarsila do Amaral, a ligação afetiva com Anita Malfatti e Henriqueta Lisboa e a relação de mestre e amigo que mantinha com Oneyda Alvarenga, distinguindo-as como pessoas muito especiais na sua vida. A correspondência que Mário de Andrade estabeleceu com essas quatro mulheres, aliada a seus depoimentos e aos de amigos próximos, é reveladora do apreço pessoal e do respeito artístico e intelectual que lhes dedicou.

No rol das cartas, Anita Malfatti encabeça a lista. Na primeira delas, registra: "Pauliceia 22-12-921". No cabeçalho, usa um tratamento formal: "Exam. Snha Anita Malfatti". Porém, na linha subsequente escreve: "Querida amiga". A carta é escrita de modo descontraído, recortada por notícias de amigos, por poema, misturando também notícias sobre a precariedade de sua

147 ANDRADE, Mário de. *Mário, Otávio — Cartas de Mário de Andrade a Otávio Dias Leite (1936-1944)*. Organização, introdução e notas Marcos Antonio de Moraes. São Paulo: Instituto de Estudos Brasileiros/Imprensa Oficial, p. 111.
148 Idem.

saúde. Ao final, como apêndice, grava o poema "Máquina de escrever". Anuncia que são versos do "Grande circo de cavalinhos Mário Andrade" (*sic*). Por esse viés, o artista vai brincando com as palavras, com Anita, e com modos de fazer poemas. Apesar da versatilidade apresentada, só em 1928 é que Mário de Andrade mudará o tratamento dado à "querida amiga", para então desdobrá-la em Anitoca, Nitoca, Anitinha, Anita minha querida. Outras vezes o nome da interlocutora vem acompanhado por expressões como: "queriquerida", "minha amiga", ou repetidos "querida". A liberdade na demonstração do afeto pela pintora leva Mário de Andrade a escrever: "Anita bem de dentrinho da minha amizade"; "Anita do coração". Desde a primeira carta, a doença é um dos temas constantes. Assim, em abril de 1925, Mário começa sua escrita, abruptamente, com um desabafo: "Ando doente, Anita! Outra vez sim! Uma danada duma gripe que não me largou desde a segunda-feira de carnaval". Mas o missivista tem ânimo para dizer que acompanha notícias de Anita pelos jornais e pede mais informações. Aproveita a ocasião para falar da repercussão de seu livro, o recém-lançado *Losango cáqui*: "chuvarada de descompostura danada". Mas, contrariando a crítica, ele considera que ali estão "algumas das milhores páginas, mais finas, mais delicadas que tenho escrito". Em outra carta, quando Anita se encontra fora do país, vale-se de certo intervalo ocioso para enunciar em segredo e tom brincalhão: "A lápis em plena aula de História da Música. Os alunos estão escrevendo a sabatina e eu aproveito agora que estão com a cabeça voltada para o papel para te mandar este apertado, apertado abraço às escondidas".

Nessa mesma carta, informa sobre suas múltiplas atividades — das aulas no Conservatório à direção da revista *Ariel* e a redação de uma *História da música*. Pede notícias dos amigos que estão fora, cita Yan [de Almeida Prado], Brecheret, Zina [Aita]. Nessas páginas também tece considerações sobre arte, poesia, amigos, cotidiano.

Em agosto de 1924, alinhando comentários sobre o prosaico tema do tempo, Mário de Andrade engendra reflexões sobre a situação em que se encontra o país:

> Anitinha
> Enquanto o banho que me preparam não fica pronto aqui te escrevo. Imagina! É fim de agosto e faz um frio... senegalesco. Um horror! Bateu desde anteontem uma invernia repentina que não permite nem a gente andar. Pasmoso este Brasil! Invernos sem motivo, revoluções, caruncho destruindo totalmente as plantações de café, seca geral (há perto de cinco meses que não chove direito) um pavor! Está mesmo perdida esta pátria querida. Caiu sobre nós uma profunda e eficaz maldição.

No calor da hora, depois de apontar que havia prós e contras relacionados àquela revolução, entende que "o procedimento dos revoltosos, apesar de tudo, foi muito mais nobre que dos governistas. Isso é que não há dúvida, porque os próprios governistas corretos o afirmam [...]".

Em setembro de 1939, escreve sua última carta à amiga. Segue do Rio de Janeiro, onde Mário está morando. O tratamento dispensado é "Anita dear". Atrela uma conversa inicial sobre o tempo, dessa vez para puxar o tema da mentira. Faz, então, um relato engenhoso mostrando uma cidade em que bondes não fazem barulho na rua, janelas se abrem para uma paisagem incomum, o ar é morno e agradável, vive-se em clima de alegria em um mundo sem desgraças, onde se dá o perdão a qualquer preço. Ao cabo, deposita sua assinatura e enfeixa num parágrafo solitário: "Ponha tudo isto no avesso e me contemple, enquanto eu fico te querendo bem".

Como sempre, Mário imprime às cartas enviadas a Anita um tom coloquial, ora brincalhão, ora sério, com comentários, desabafos, dúvidas ou simplesmente falando sobre sua rotina, seus afazeres diversos, sobre livros em progresso, crônicas, aulas, encontros com amigos, dissabores. Por esses caminhos, vai caracterizando a miscelânea como um traço do gênero epistolar. E a palavra descontraída sai em ritmo de conversa, num arranjo muito particular, como se lê na carta de 27 de fevereiro de 1928: "Tô doido de contente, vê só que malvadeza, com a lembrança de logo topar com Anitoca diz-que vindo de novo pra terra dela". Em outra carta, no mesmo mês, anuncia: "[estou] corrigindo provas do meu livro novo, *Macunaíma*, que é de fazer corar os gafanhotos".

E, para ter ideia desse correspondente incansável e insone, Mário se despede de Anita, acrescentando no seu estilo singular: "Inda vou responder oito cartas até meia-noite e já são vinte e duas". E, arremata: "Um abração epistolar bem à vontade porque destes ninguém não vê".

Outra amiga de devoção pessoal é Tarsila do Amaral, que conheceu em julho de 1922, alguns meses depois da Semana de Arte Moderna. Encantado com Tarsila, logo se criaram afeto e intimidade entre eles. Esse convívio próximo será interrompido logo mais em novembro daquele ano quando Tarsila parte para uma temporada na Europa, deixando saudades em Mário. Sabedora disso, ela escreve do *Lutetia*: "Mário, meu bom amigo,/ a vida agitada de bordo não me fez esquecer-te e nem as deliciosas reuniões do Grupo dos Cinco". O quinteto a que se refere se completa com Oswald de Andrade, Anita Malfatti e Menotti Del Picchia.[149] Já instalada na capital francesa, Tarsila recebe notícias de Mário, que assim declara: "Aproximo-me temeroso de ti. Creio que é uma deusa: NÊMESIS, [...]". Em outra carta de 1923, o amigo dá a sua versão a respeito de uma desavença que teve com Oswald, novo amor de Tarsila, declarando: "esta carta é para que ele leia".

Em Paris, Tarsila frequentava ateliês de pintura de conhecidos artistas da vanguarda. E é bem a propósito disso que Mário dialoga com a amiga:

> [...] Mas creio que exageras. Gleizes abandonou o cubismo? Neste, creio que ele era mais interessante como teórico que como realizador. Gleizes e Braque, dos em evidência, no cubismo são os que menos aprecio e compreendo. Vi um nu de Lhote. Gostei bastante. Adoro-lhe o desenho.
> Creio que não cairás no cubismo. Aproveite deste apenas os ensinamentos. Equilíbrio. Construção. Sobriedade. Cuidado com o abstrato. A pintura tem campo próprio. Não gosto dos vizinhos que fazem incursões pelas searas alheias.[150]

149 *Correspondência Mário de Andrade e Tarsila do Amaral.* Org. Aracy Amaral. São Paulo: Edusp. 2001, p. 57.
150 Idem, p. 75.

A correspondência entre Mário de Andrade e Henriqueta Lisboa tem início em novembro de 1940.[151] A primeira carta é iniciada com um tratamento afetuoso: "Minha querida amiga, Henriqueta Lisboa". Trata-se de um agradecimento a uma carta recebida. Na oportunidade, Mário faz elogios à inteligência sensível e à meiguice da amiga e poeta. A última carta que endereçou a ela é de 20 de janeiro de 1945. Entre outras coisas, conta-lhe que tinha feito um longo poema, uma "Meditação sobre o Tietê", assinala. E é para essa amiga, "Henriqueta querida", que confessa ser essa "Meditação" algo fundamental na sua poesia. E acresce: "poema doloroso, amargo, em que se desenha toda a condição amarga da luta que existe e sempre existiu em mim entre o poeta ariel e o calibã-burguês. Dois poemas longos refletem isso, os dois você não conhece. Um é horrível, grosseiro, grotesco, 'O carro da miséria', escrito em duas noites de total desespero em mim...".[152] Nessa carta Mário declara que está ansioso para ver Henriqueta: "Dentro de dez horas vou ter um pedaço de minas nos meus braços. A minha Minas".[153]

A carta mais longa escrita por Mário de Andrade foi endereçada à sua grande amiga, a musicista Oneyda Alvarenga. Escreve-a do Rio de Janeiro no dia 14 de setembro de 1940. Nela encontram-se longas e refinadas reflexões de Mário de Andrade sobre estética. Numa cópia da carta, Oneyda transcreveu à margem

151 *Cartas de Mário de Andrade a Henriqueta Lisboa*. Rio de Janeiro: José Olympio, 1990.
152 Idem, p. 176.
153 Idem, ibidem.

da publicação os tópicos, que são, entre outros, tese e argumentação, como se dá a compreensão do estético, cabotinismo didático, conhecimento técnico e a técnica, Goethe e o caipira, inflação atual do conhecimento técnico, mística do conhecimento técnico, papel do intelectual escritor, obra de arte, o que é arte.[154]

A correspondência de Mário de Andrade, além de muito importante, é farta. Escreveu a jovens como Fernando Sabino e Francisco Iglésias. Na relação de trabalho, destacam-se aquelas endereçadas a Rodrigo Mello Franco de Andrade, Murilo Miranda e Alberto Lamego, assim como aquelas enviadas a Pio Lourenço Corrêa, José Bento Faria Ferraz, Prudente de Morais, neto, Portinari, Newton Freitas, Sérgio Milliet, Rubens Borba de Moraes, Pedro Nava e Carlos Drummond de Andrade. Há, ainda, cartas endereçadas a Álvaro Lins, Augusto Meyer, Alceu Amoroso Lima, Murilo Rubião, Antonio Candido, Otto Lara Resende, Otávio Dias Leite e outras mais.

Vale registrar aqui possivelmente uma das últimas cartas escritas por Mário de Andrade. Endereçada a Carlos Drummond de Andrade, data de 11 de fevereiro de 1945:

> Carlos,
>
> Tantas, tantas coisas. Estou esperando neste momento a Henriqueta Lisboa que vem almoçar aqui em casa. Quando você viria?... Aliás, penso que você eu não convidava pra almoçar aqui em casa, como nunca convidei o Manuel. Prefiro mostrar os milagres de São

154 Carta a Oneyda Alvarenga, pp. 266-98.

> Paulo, as *boîtes* francesas, os mosqueiros italianos. [...] Você eu queria que primeiro dissesse bom-dia a mamãe e depois vínhamos para esta sala de trabalho, gosto dela sabe, é o meu retrato alindado [...]. Livros a escrever: três livros: *A Dona Ausente*, *Música de feitiçaria no Brasil* e *O Pico dos Três Irmãos*. Este último, guarde pra você o título provisório, bom mas provisório [...].[155]

A vasta correspondência travada com Manuel Bandeira é também um capítulo à parte. Nessa troca de cartas de longos anos, Mário de Andrade conversou sobre poemas em progresso, enviou obras de ficção para serem discutidas com o amigo, expôs primeiras impressões e também formulou juízo crítico sobre obras de Bandeira e de contemporâneos. Com respeito à produção de Bandeira, destacam-se os poemas "Evocação do Recife", "Vou-me embora pra Pasárgada", "Noturno da rua da Lapa"; e obras como *Libertinagem*, *Carnaval*, *Cinza das horas*. Em relação à própria obra, são vivas as discussões sobre *Macunaíma*, *Belazarte*, *Remate de males*, *Losango cáqui*. Música, pintura, folclore, literatura, traduções, pesquisas, usos da língua. Comenta exposições de arte, concertos, palestras. Faz queixas de familiares e de pessoas conhecidas. Também faz muitas confidências. A crença religiosa é tema abordado e discutido. Nessas cartas, crivadas de humor ou de amargura, Mário de Andrade é um exímio manejador da língua, um constante inovador e um crítico atilado.

155 ANDRADE, Mário de. *A lição do amigo*. Cartas de Mário de Andrade a Carlos Drummond de Andrade. Rio de Janeiro: José Olympio, 1982, pp. 241-2.

Escritor e leitor incansável, Mário de Andrade legou à instituição pública sua pinacoteca e uma biblioteca de rara envergadura no Brasil. Voltada para as humanidades, nela se encontram inúmeros volumes de fundamental interesse sobre cultura popular, literatura, música, cinema, dança, artes plásticas, com grande diversidade de publicações nacionais e estrangeiras. Há revistas, recortes, manuscritos, fichas com anotações. Nas estantes de sua biblioteca, que se espalhavam pelas salas da rua Lopes Chaves, havia indicadores precisos de classificação que serviam para facilitar a localização, o que demonstra seu pendor para pesquisar e classificar em meio a tantos livros e assuntos de seu interesse. Em suas obras, lidas e anotadas, deixou substantivas anotações junto às margens, contendo muitos comentários de ordem crítica, sínteses. Assim o escritor formou e se formou com sua biblioteca, como entende Telê Ancona Lopez, em *Mário de Andrade — a margem e o texto.*

ENTRE ASPAS

POESIAS COMPLETAS

PAULICEIA DESVAIRADA

ODE AO BURGUÊS

Eu insulto o burguês! O burguês-níquel,
o burguês-burguês!
A digestão bem-feita de São Paulo!
O homem-curva! O homem-nádegas!
O homem que sendo francês, brasileiro, italiano,
é sempre um cauteloso pouco a pouco!

Eu insulto as aristocracias cautelosas!
Os barões lampeões! Os condes Joões! Os duques zurros!
que vivem dentro de muros sem pulos;
e gemem sangues de alguns mil-reis fracos
pra dizerem que as filhas da senhora falam o francês
e tocam o "Printemps" com as unhas!
[...]

NOCTURNO

[...]
Arlequinal! Arlequinal!
As nuvens baixas muito grossas,
feitas de corpos de mariposas,
rumorejando na epiderme das árvores...
Mas sobre estas minhas grades de girândolas de jasmins,
o estelário delira em carruagens de luz,
o meu céu é todo um rojão de lágrimas!...

E os bondes passam como um fogo de artifício,
Sapateando nos trilhos,
Jorrando um orifício na treva cor de cal...

— Batat'assat'ô furnn!...

TU

Morrente chama esgalga,
mais morta inda no espírito!
Espírito de fidalga,
que vive dum bocejo entre dois galanteios
e de longe em longe uma chávena da treva bem forte!

Mulher mais longa
que os pasmos alucinados
das torres de São Bento!
Mulher feita de asfalto e de lama de várzea,
toda insultos nos olhos,
toda convites nessa boca louca de rubores!

Costureirinha de São Paulo,
ítalo-franco-luso-brasílico-saxônica,
gosto dos teus ardores crepusculares,
crepusculares e por isso mais ardentes,
bandeirantemente!

Lady Macbeth feita de névoa fina,
pura neblina da manhã!
Mulher que és minha madrasta e minha irmã!
Trituração ascensional dos meus sentidos!
Risco de aeroplano entre Mogi e Paris!
Pura neblina da manhã!
[...]

REMATE DE MALES

POEMAS DA NEGRA

I

Não sei por que espírito antigo
Ficamos assim impossíveis...

A Lua chapeia os mangues
Donde sai um favor de silêncio
E de maré.
És uma sombra que apalpo
Que nem um cortejo de castas rainhas.
Meus olhos vadiam nas lágrimas.
Te vejo coberta de estrelas,
Coberta de estrelas,
Meu amor!

Tua calma agrava o silêncio dos mangues.

GRÃO CÃO DO OUTUBRO

BRASÃO

[. . .]
Vem a estrela dos treze bicos,
Brasil, Coimbra, Guiné, Catalunha,
E mais a Bruges inimaginável
E a decadência dos Almeidas.
[. . .]

E falta o boi Paciência, o boi que pertence a Armida,
Traz por guampas os cornos da luna
E um peitoral de turmalinas.
Mas esse vem no outro coração mole,
Não se mostra a ninguém.
O boi Paciência serão treze preguiças assustadas,
No porto do imenso rio esperando,
Esperando pelos treze caminhos
Das mil cavernas das quarenta mil perguntas.

Ai, que vou me calar agora,
Não posso, não posso mais!

LIVRO AZUL

RITO DO IRMÃO PEQUENO

[...]
O acesso já passou. Nada trepida mais e uma acuidade
[gratuita
Cria preguiças nos galhos com suas cópulas lentíssimas.
Volúpia de ser a blasfêmia contra as felicidades parvas
[do homem...
São deuses...
Mas nós blefamos esses deuses desejosos de futuro,
Nós blefamos a punição europeia dos pecados originais.
[...]

LIRA PAULISTANA

[SEM TÍTULO]

Eu nem sei si vale a pena
Cantar São Paulo na lida,
Só gente muito iludida
Limpa o gosto e assopra a avena,
Esta angústia não serena,
Muita fome pouco pão,
Eu só vejo na função
Miséria, dolo, ferida,
Isso é vida?
[...]
Mas o pior desta nação
É ter fábrica de gás
Que donos da vida faz
Ianques e ingleses de ação,
Tudo vem de convulsão
Enquanto se insulta o Eixo,
Lights, Tramas, Corporation,
E a gente de trás pra trás.
Isso é paz?

Pois nada vale a verdade,
Ela mesma está vendida,
A honra é uma suicida,
Nuvem a felicidade,
E entre rosas a cidade.
Muito concha e relambória,
Sem paz, sem amor, sem glória,
Se diz terra progredida,
Eu pergunto:
Isso é vida?

[SEM TÍTULO]

Quando eu morrer quero ficar,
Não contem aos meus inimigos,
Sepultado em minha cidade,
Saudade.

Meus pés enterrem na rua Aurora,
No Paiçandu deixem meu sexo,
Na Lopes Chaves a cabeça
Esqueçam.

No Pátio do Colégio afundem
O meu coração paulistano:
Um coração vivo e um defunto
Bem juntos.
Escondam no Correio o ouvido
Direito, o esquerdo nos Telégrafos,
Quero saber da vida alheia,
Sereia.

O nariz guardem nos rosais,
A língua no alto do Ipiranga
Pra cantar a liberdade,
Saudade...

Os olhos lá no Jaraguá
Assistirão ao que há-de vir,
O joelho na Universidade,
Saudade...

As mãos atirem por aí,
Que desvivam como viveram,
As tripas atirem pro Diabo,
Que o espírito será de Deus.
Adeus.

[...]
Estou pequeno, inútil, bicho da terra, derrotado.
No entanto eu sou maior... Eu sinto uma grandeza
[infatigável!
Eu sou maior que os vermes e todos os animais.
E todos os vegetais. E os vulcões vivos e os oceanos,
Maior... Maior que a multidão do rio acorrentado,
Maior que a estrela, maior que os adjetivos,
Sou homem! vencedor das mortes, bem-nascido além
[dos dias,
Transfigurado além das profecias!

Eu recuso a paciência, o boi morreu, eu recuso
[a esperança.
Eu me acho tão cansado em meu furor.
As águas apenas murmuram hostis, água vil mas
[turrona paulista
Que sobe e se espraia, levando as auroras represadas
Para o peito dos sofrimentos dos homens,
... e tudo é noite. Sob o arco admirável
Da Ponte das Bandeiras, morta, dissoluta, fraca,
Uma lágrima apenas, uma lágrima.
Eu sigo alga escusa nas águas do meu Tietê.

MACUNAÍMA: O HERÓI SEM NENHUM CARÁTER

I. MACUNAÍMA

No fundo do mato virgem nasceu Macunaíma, herói de nossa gente. Era preto retinto e filho do medo da noite. Houve um momento em que o silêncio foi tão grande escutando o murmurejo do Uraricoera, que a índia tapanhumas pariu uma criança feia. Essa criança é que chamaram de Macunaíma.

Já na meninice fez coisas de sarapantar. De primeiro passou mais de seis anos não falando. Si o incitavam a falar exclamava:

— Ai! que preguiça!...

E não dizia mais nada. Ficava no canto da maloca, trepado no jirau de paxiúba, espiando o trabalho dos outros e principalmente os dois manos que tinha, Maanape já velhinho e Jiguê na força de homem. O divertimento dele era decepar cabeça de saúva. Vivia deitado mas si punha os olhos em dinheiro, Macunaíma dandava pra ganhar vintém. E também espertava quando a família ia tomar banho no rio, todos juntos e nus. Passava o tempo do banho dando mergulho, e as mulheres soltavam gritos gozados por causa dos guaimuns diz-que habitando a água doce por lá. No mucambo si alguma cunhatã se aproximava dele pra fazer festinha, Macunaíma punha as mãos nas graças dela, cunhatã se afastava. Nos machos guspia na cara. Porém respeitava os velhos e frequentava com aplicação a murua a poracê o teorê o bacorocô a cucuicogue, todas essas danças religiosas da tribo.

V. PIAIMÃ

E foi na boca-da-noite fria que os manos toparam com a cidade macota de São Paulo esparramada a beira-rio do igarapé Tietê. Primeiro foi a gritaria da papagaiada-imperial se despedindo do herói. E lá se foi o bando sarapintado volvendo pros matos do norte.

[...]

[...] A inteligência do herói estava muito perturbada. As cunhãs rindo tinham ensinado pra ele que o sagui-açu não era saguim não, chamava elevador e era uma máquina. De manhãzinha ensinaram que todos aqueles piados berros cuquiadas sopros roncos esturros não eram nada disso não, eram mas cláxons campainhas apitos buzinas e tudo era máquina. As onças-pardas não eram onças-pardas, se chamavam fordes hupmobiles chevrolés dodges mármons e eram máquinas. Os tamanduás os boitatás as inajás de curuatás de fumo, em vez eram caminhões bondes autobondes anúncios-luminosos relógios faróis rádios motocicletas telefones gorjetas postes chaminés... Eram máquinas e tudo na cidade era só máquina! O herói aprendendo calado. De vez em quando estremecia. [...]

VIII. VEI, A SOL

Ali mesmo na beira d'água tinha um cerradão comprido cheinho da árvore pau-brasil e com palácios de cor nos dois lados. E o cerradão era a avenida Rio Branco. Aí que mora Vei a Sol com suas três filhas de luz. Vei queria que Macunaíma ficasse genro dela porque afinal das contas ele era um herói e tinha dado tanto bolo de aipim pra ela chupar secando, falou:

— Meu genro: você carece de casar com uma das minhas filhas. O dote que dou pra ti é Oropa França e

Bahia. Mas porém você tem de ser fiel e não andar assim brincando com as outras cunhãs por aí.

Macunaíma agradeceu e prometeu que sim jurando pela memória da mãe dele. Então Vei saiu com as três filhas pra fazer o dia no cerradão, ordenando mais uma vez que Macunaíma não saísse da jangada pra não andar brincando com outras cunhãs por aí. Macunaíma tornou a prometer jurando outra vez pela mãe.

Nem bem Vei com as três filhas entram no cerradão que Macunaíma ficou cheio de vontade de ir brincar com uma cunhã. Acendeu um cigarro e a vontade foi subindo. Lá por debaixo das árvores passavam muitas cunhãs cunhé cunhé se mexe-mexendo com talento e formosura.

— Pois que fogo devore tudo! — Macunaíma exclamou. — Não sou frouxo agora pra mulher me fazer mal!

E uma luz vasta brilhou no cérebro dele. Se ergueu na jangada e com os braços oscilando por cima da pátria decretou solene:

— POUCA SAÚDE E MUITA SAÚVA, OS MALES DO BRASIL SÃO!

CONTOS NOVOS

PRIMEIRO DE MAIO
[1934-42]

No grande dia Primeiro de Maio, não eram bem seis horas e já o 35 pulara da cama, afobado. Estava bem-disposto, até alegre, ele bem afirmara aos companheiros da Estação da Luz que queria celebrar e havia de celebrar. Os outros carregadores mais idosos meio que tinham caçoado do bobo, viesse trabalhar era milhor, trabalho deles não tinha feriado. Mas o 35 retrucava com altivez que não carregava mala de ninguém, havia de celebrar o dia deles. E agora tinha o grande dia pela frente.

Dia dele... Primeiro quis tomar um banho pra ficar bem digno de existir. A água estava gelada, ridente, celebrando, e abrira um sol enorme e frio lá fora. Depois fez a barba. Barba era aquela penuginha meio loura, mas foi assim mesmo buscar a navalha dos sábados, herdada do pai, e se barbeou. Foi se barbeando. Nu só da cintura pra cima por causa da mamãe por ali, de vez em quando a distância mais aberta do espelhinho refletia os músculos violentos dele, desenvolvidos desarmoniosamente nos braços, na peitaria, no cangote, pelo esforço quotidiano de carregar peso. O 35 tinha um ar glorioso e estúpido. Porém ele se agradava daqueles músculos intempestivos, fazendo a barba.

Ia devagar porque estava matutando. Era esperança dum turumbamba macota, em que ele desse uns socos formidáveis nas fuças dos polícias. Não teria raiva especial dos polícias, era apenas a ressonância vaga daquele dia. Com seus vinte anos fáceis, o 35 sabia, mais da leitura dos jornais que da experiência, que o proletariado era uma classe oprimida. E os jornais tinham anunciado que se esperava grandes "motins" do Primeiro de Maio, em Paris, em Cuba, no Chile, em Madri.

[...]

O PERU DE NATAL
[VERSÃO DEFINITIVA 1938-42]

O nosso primeiro Natal de família, depois da morte de meu pai acontecida cinco meses antes, foi de consequências decisivas para a felicidade familiar. Nós sempre fôramos familiarmente felizes, nesse sentido muito abstrato da felicidade: gente honesta, sem crimes, lar sem brigas internas nem graves dificuldades econômicas. Mas, devido principalmente à natureza cinzenta de meu pai, ser desprovido de qualquer lirismo, duma exemplaridade incapaz, acolchoado no medíocre, sempre nos faltara aquele aproveitamento da vida, aquele gosto pelas felicidades materiais, um vinho bom, uma estação de águas, aquisição de geladeira, coisas assim. Meu pai fora de um bom errado, quase dramático, o puro-sangue dos desmancha-prazeres.

Morreu meu pai, sentimos muito etc. Quando chegamos nas proximidades do Natal, eu já estava que não podia mais pra afastar aquela memória obstruente do morto, que parecia ter sistematizado pra sempre a obrigação de uma lembrança dolorosa em cada almoço, em cada gesto mínimo da família. Uma vez que eu sugerira a mamãe a ideia dela ir ver uma fita no cinema, o que resultou foram lágrimas. Onde se viu ir ao cinema, de luto pesado! A dor estava sendo cultivada pelas aparências, e eu, que sempre gostava apenas regularmente de meu pai, mais por instinto de filho que por espontaneidade de amor, me via a ponto de aborrecer o bom do morto.

Foi decerto por isto que me nasceu, esta sim, a ideia de fazer uma das minhas chamadas “loucuras”. Essa fora, aliás, e desde muito cedo, a minha esplêndida conquista contra o ambiente familiar. [...]

O EMPALHADOR DE PASSARINHO

O DESAFIO BRASILEIRO [FRAGMENTO]

O Brasil já deve muito ao professor Roger Bastide, da Universidade de São Paulo. A objetividade brasileira que ele deu aos seus estudos, baseada numa largueza de conhecimentos muito rara entre nós, o fez autor de alguns dos mais percucientes estudos de certas manifestações nacionais. Recentemente a coleção do Caderno Azul ("Psicanálise do Cafuné") reuniu alguns dos estudos de estética sociológica com que o ilustre professor vem nos dando interpretações profundas e às vezes insuspeitadas, das nossas expressões artísticas tradicionais. Livro indispensável em qualquer biblioteca de estudos brasileiros.

Um dos capítulos mais importantes do livro esclarece comparativamente as origens multimilenárias dessa competição popular entre dois cantadores, a que chamamos "desafio". Mostra Roger Bastide que "todos os jogos de competição se originam da organização dualística da sociedade primitiva", em que dois grupos, seja oposição de sexos ou de frátrias, "ao se defrontarem levantam-se um contra o outro". "Mas como essa dualidade não impede a cooperação [...], a luta toma a forma de um jogo." Ora como a arte é uma forma superior de jogo," sempre que nos encontramos diante de uma sociedade dualística, a arte dessa sociedade apresentará, forçosamente, a aparência de uma luta ou de uma justa".

Roger Bastide apresenta e estuda então o exemplo das lutas poéticas que se realizavam, na estação propícia, entre os grupos dos homens e das mulheres, na China primitiva. [...].

CORRESPONDÊNCIA
TRECHO DE CARTA A MANUEL BANDEIRA
[SÃO PAULO, POST.
15 DE NOVEMBRO DE 1925]

Manuel dear,

você se lembra duma poesia "Maturidade" que mandei pra você? Eu acho que ali tinha qualquer segredo que tinha de se desenvolver em mim pra solução de certos problemas psicológicos de lirismo e poesia e técnicos, de rítmica principalmente. Em maio ou em junho passado depois de cozida uma bebedeira famosa acordei às 3 da madrugada e fui pra escrivaninha. Fiz um poema simples, puro, muito bem ritmado "Ponteando sobre o rapaz morto" que se filiava estranhamente ao "Maturidade". Continuei creio que subconscientemente madurando os problemas. Sei que agora, faz pouco, uns 20 dias, escrevi um maravilhoso "Ponteando sobre o amigo bom" que não mando pra você porque tem umas 4 ou 5 palavras que não me agradam. Desculpe o "maravilhoso" que botei atrás, está claro que se relaciona comigo só e não com a poesia histórica. Acho que é o meu melhor poema. Agora veio este "Momento" ontem, às 5 e meia da arraiada. Percebe bem a tendência? Lirismo construído, cheio de pensamento, uma calma ardente, se aparentando muito com a poesia lírica inglesa, não acha? [...] Quero fazer uma poesia que seja impossível de ler num chá das cinco ou no bonde. [...] Tirei o "Ciclo da Maria!" do *Clan*. Vou fazer dele um livro no gênero *Vita nuova*. Prosa e verso de mistura, enfim contando as aperturas que passei com a tal Maria. Sem imitação nenhuma de Dante. Os capítulos serão "Carta I", "Carta II" etc., sem no entanto as frases protocolares do gênero epistolar. Prosa muito calma e bem pensada contrastando com os poemas que são como você sabe. A prosa explica minhas vicissitudes psicológicas e os poemas que vêm no meio dela porém com seus títulos e portanto formando como na *Vita nuova* uma continuidade descontínua. [...][156]

156 ANDRADE, Mário de. *Correspondência Mário de Andrade & Manuel Bandeira.* Organização, introdução e notas: Marcos Antonio de Moraes. São Paulo: Edusp, Instituto de Estudos Brasileiros, USP, 2001, p. 254.

CARTA A CARLOS DRUMMOND DE ANDRADE

FRAGMENTO CONTENDO COMENTÁRIO SOBRE A OBRA *SENTIMENTO DO MUNDO* DE CDA

S. Paulo, 15-VIII-42
Meu Carlos

[...] Hoje é domingo. Andei tomando nas leituras umas notas sobre o *Sentimento do mundo.* [...] Está claro que são notas apenas sobre alguns assuntos de que pretendia falar, alguns e não todos.

Com o abraço fraterno do
Mário

DOR PAROXÍSTICA

O que levou C. Drummond de Andrade ao impressionante estado lírico de seu livro é uma raivosa consciência da sua própria desumanidade. "Ou talvez seja eu próprio que me despreze aos olhos dele", confessa em "O operário no mar". E todo esse amargo "Privilégio do mar". Mas é principalmente na palpitação sensível desses poemas, mais que em confusões declaradas, que transpira esse violento ódio que tem o poeta de si mesmo. [...]

RITMO

Carlos se fixa na normalidade da redondilha que é o movimento natural da língua, mas o quebra a todo instante. Menos por necessidade fraseológica (lhe seria facílimo "concertar" a maioria das não redondilhas), mas por um imperativo rítmico interior, quebrativo, infenso aos prazeres sensoriais. Há por assim dizer perversidade rítmica no poeta que deriva sempre do estado paroxístico do seu sentimento do mundo.

[...]

CAUSA E EFEITO

Sentimento do mundo é o resultado de um poeta verdadeiro cuja vida se transformou. O poeta não mudou, é o mesmo, mas as vicissitudes de sua vida, novos contatos e contágios, novas experiências, lhe acrescentaram ao ser agressivo, revoltado, acuado em seu individualismo irredutível, uma grandeza nova, o sofrimento pelos homens, o sentimento do mundo. Foi realmente um acrescentamento enorme, este ajuntar às dores do indivíduo, a fecundidade da dor humana e se já dantes o poeta tímido que apelidava um livro de "alguma poesia" já era um grande poeta, agora que conscientemente apelidou seus novos versos com o título orgulhoso de *Sentimento do mundo*, nos deu uma obra que além de grande é extraordinária. [...][157]

ASPECTOS DAS ARTES
PLÁSTICAS NO BRASIL
LASAR SEGALL

[...] O momento mais curioso da experiência artística de Lasar Segall foi a aventura brasileira. Não há dúvida que a participação do Brasil na obra do pintor é de importância grande. Direi mesmo que decisória, pois ainda foi auscultando a vida brasileira (a fase paisagística de Campos de Jordão) que Lasar Segall pôde melhormente definir e executar a sua qualidade plástica e alcançar a

157 Idem, pp. 204-7.

plenitude da fase atual. Mas na realidade o encontro do pintor com a terra do Brasil, em 1923, foi um choque violento e desnorteador. A terra se mostrou por demais cruel com o Europeu que se entregara a ela, e como a fêmea do louva-a-deus devora o macho, pretendeu devorá-lo também. [...][158]

O TURISTA APRENDIZ

Então os índios me levaram ver a tal embaúva colosso. [...] Tem pra mais de setecentos metros. E então os índios me contaram que foi na copa imensa dessa embaúva que se deu a famosa briga entre guaribas e preguiças, ninguém nunca soube por que. O caso é que um dia o pessoal se engalfinhou lá em cima num chinfrim fabuloso, e teve tantas mortes como as folhas da embaúva [...]. Me causou estranheza ter havido uma guerra, coisa de tanta atividade, em que os preguiças entrassem, mas os Do-Mi-Sol se riram. A verdade é que corre muito exagero a respeito da preguiça dos preguiças, e calúnia. Existem até preguiças apressadíssimos. O que dá-se realmente entre esses animais sagrados é um conhecimento muito mais íntimo da vida e da relatividade da afobação. Por isso que eles são tão vagarentos. [...] Uns, a maioria, pertencentes à escola dos animalistas, julgavam que a lentidão dos preguiças derivava destes animais edificarem com o pensamento voltado para o futuro, só cuidando, menos de si, que dos filhos e da raça. Já os da escola, que em nossos conhecimentos científicos, diríamos "totêmica", afirmavam que não era nada disso, nem os preguiças se

158 *Aspectos das artes plásticas no Brasil,* p. 50.

preocupavam de qualquer futuro. Apenas tinham adquirido aquele olhar de sabedoria em que o pensamento reconhece que o que faz a felicidade não é o gozo dos prazeres do mundo, porém a consciência plena e integral do movimento. [...] Cada gesto que fazem pode durar sete horas, como observei muitas vezes, mas, feito com uma intensidade profunda, um ato em verticalidade, como agora se diz. É enfim o que, no *sermo vulgaris*, diríamos um gesto "gozado". Adotei imediatamente a exegese da escola totêmica e fiquei com a maioria, o que me deu enorme prazer. E quando contei a eles que decerto os preguiças também já punham em prática uma doutrina dum grande filósofo da minha terra, Machado de Assis, que dizia que "também a dor tem suas volúpias", os índios principiaram com grandes gargalhadas lá do jeito deles, e soltavam firmatas agudíssimas que queriam dizer "é isso mesmo!", "é isso mesmo!".

DEDICATÓRIA

Reproduzo na íntegra uma dedicatória singular em que Mário de Andrade aproveita o ensejo da oferta para fazer uma concisa reflexão a respeito de procedimentos artísticos por ele usados. Desse modo, ele manifesta ao crítico mais jovem um deferente apreço. A obra é *Ensaio sobre a música brasileira* (São Paulo: I. Chiarato e Cia., 1928), dada de presente a Antonio Candido.[159] A data — 17 de janeiro de 1943 —, que contrasta com aquela em que a obra foi editada, é fundamental para entender a posição do artista naquele momento

159 ANDRADE, Mário de. *O turista aprendiz*. Belo Horizonte: Itatiaia, 2002, pp. 144-5.

presente. Note-se o emprego do termo "carnavalesco" para falar da linguagem misturada.

Mário começa a escrever a dedicatória mais abaixo de uma inscrição impressa: "A Dona Olivia Guedes Penteado/ Homenagem do Autor". Nesta transcrição integral das duas páginas, será mantida a acentuação e a grafia originais.

ANTONIO CANDIDO

Aqui lhe mando o resto das minhas "obras completas"! Tenha paciência. E lhe mando mais a coleção da "Revista Nova" de presente. Fiquei com vontade, principalmente olhando êste livro, de comentar certas coisas, depois desanimei. Está claro ou que lhe fique claro pelo menos que a exacerbação quase desesperada de linguagem que este livro manifesta e que hoje me é simplesmente repulsiva, foi muito conscientemente escolhida para êste livro de técnica. Nos outros havia sempre o valor estético da arte que, si permitia o claro-escuro e o emprêgo salpicado da mancha forte, me impedia a constancia "irritante", do "ferinte" de que abusei aqui. Abusei e me "es/brodolei" (*sic*) à larga, atingindo o carnavalesco por excesso de saber. Coisa externa, voluntária. Não pense porem que faz me desgostar terrivelmente com a linguagem dêste livro, a ponto de me ser impossível ler e aguentar um só capítulo dêle hoje, eu repudio êle. Não repudio coisíssima nenhuma. Porem, hoje, eu sei que êste livro foi uma consequencia apressada de... sim: de medo! Mesmo tecnicamente, pois aí as ideias gerais eu ainda imagino boas e justas sei que estão mal baseadas. Mas foi medo tudo. Você sabe: dizem que a sentinela de-noite, guardando, às vezes é tomada de medo e dá um tiro. Foi o que eu fiz. Os meus problemas de linguagem e de técnica musical brasileira me assustaram tanto que dei o tiro. Este tiro. Que os problemas me assustassem, nada mais justo. Que me assombrassem, a consequência era lógica. Mas o medo deve ser fragilidade. Pelo menos o medo que deu um tiro improvável na noite. É o que me desagrada.

Mario de Andrade

S. Paulo, 17/1/43

ESTANTE

PUBLICAÇÕES DEFINIDAS EM VIDA DO AUTOR
OBRAS COMPLETAS (20 VOLUMES) SÃO PAULO: LIVRARIA MARTINS EDITORA

1944-66
OBRA IMATURA

Há uma gota de sangue em cada poema (poesia) (1917)
Contos, selecionados do *Primeiro andar* (1926)
A escrava que não é Isaura (poética) (1925)

POESIAS COMPLETAS

Pauliceia desvairada (1922)
Losango cáqui (1926)
Clã do Jaboti (1927)
Remate de Males (1930)
O carro da miséria
A costela do Grã Cão
Livro azul
Lira paulistana
O café
Amar, verbo intransitivo (idílio) (1927)
Macunaíma: o herói sem nenhum caráter (rapsódia) (1928)
Belazarte (contos) (1934)

ENSAIO SOBRE A MÚSICA BRASILEIRA (1928)

Ensaio sobre a música brasileira
A música e a canção populares no Brasil
Música, doce música (1934)
Música, doce música (crítica)
A expressão musical nos Estados Unidos
Pequena história da música (1942)

NAMOROS COM A MEDICINA (1939)

Terapêutica musical
A medicina dos excrementos

ASPECTOS DA LITERATURA BRASILEIRA (ENSAIOS LITERÁRIOS) (1943)

Aspectos da literatura brasileira
Amor e medo
O movimento modernista
Segundo momento pernambucano

ASPECTOS DA MÚSICA BRASILEIRA (ENSAIOS MUSICAIS)

Evolução social da música no Brasil
Os compositores e a língua nacional
A pronúncia cantada e o problema do nasal, pelos discos
O samba rural paulista
Cultura musical

ASPECTOS DAS ARTES PLÁSTICAS NO BRASIL

O Aleijadinho
Lasar Segall
Do desenho
A capela de Santo Antônio

MÚSICA DE FEITIÇARIA NO BRASIL
O BAILE DAS QUATRO ARTES (ENSAIOS) (PUBLICAÇÃO PÓSTUMA)

O baile das quatro artes
Arte inglesa

OS FILHOS DA CANDINHA (CRÔNICA) (1943)
PADRE JESUÍNO DO MONTE CARMELO (1945)
CONTOS NOVOS (PUBLICAÇÃO PÓSTUMA)
DANÇAS DRAMÁTICAS DO BRASIL (FOLCLORE) (PUBLICAÇÃO PÓSTUMA)
MODINHAS IMPERIAIS (1930)
O EMPALHADOR DE PASSARINHO (CRÍTICA LITERÁRIA) (1945)

PUBLICAÇÕES AVULSAS

Poesias completas, São Paulo/ Belo Horizonte: Martins/ Itatiaia, 1980.

Amar, verbo intransitivo. 17. ed. Rio de Janeiro: Itatiaia, 2002.

Amar, verbo intransitivo. Estabelecimento do texto: Marlene Gomes Mendes. Rio de Janeiro: Agir, 2008.

Macunaíma: o herói sem nenhum caráter. Ed. crítica de Telê Porto Ancona Lopez. Rio de Janeiro: LTC, 1978, 1988. Coleção Arquivos.

Macunaíma: o herói sem nenhum caráter. 2. ed. 1. reimp. Edição crítica de Telê Porto Ancona Lopez (Org.). São Paulo: ALLCA XX, 1997. Coleção Archivos, 6.

Macunaíma: o herói sem nenhum caráter. 18. ed. São Paulo/ Belo Horizonte: Martins/ Itatiaia, 1981.

Aspectos da literatura brasileira. São Paulo: Martins, 1974.

Aspectos das artes plásticas no Brasil. Belo Horizonte: Itatiaia, 1984.

O turista aprendiz. Introdução, apresentação e notas de Telê Ancona Lopez. São Paulo/ Belo Horizonte: Martins/ Itatiaia, 1980.

O turista aprendiz. Introdução, apresentação e notas de Telê Ancona Lopez. Belo Horizonte: Itatiaia, 2002.

Música de feitiçaria no Brasil. Belo Horizonte/Brasília: Itatiaia/INL, 1983.

Danças dramáticas do Brasil. 3 vols. Org. de Oneyda Alvarenga. Belo Horizonte/ Brasília: Itatiaia/INL, 1982.

Taxi e crônicas no Diário Nacional. São Paulo: Duas Cidades/ SCET, 1976.

Entrevistas e depoimentos. Org. de Telê P. Ancona Lopez. São Paulo: T. A. Queiroz, 1983.

Os cocos. São Paulo/Brasília: Duas Cidades/MEC, 1984.

As melodias do boi e outras peças. Preparação, introdução e notas de Oneyda Alvarenga. São Paulo/Brasília: Duas Cidades/INL, 1987.

Música, doce música. São Paulo: Martins, 1963. (*Obras completas*, vol. VII).

Namoros com a medicina. 4. ed.

São Paulo/Belo Horizonte: Martins/Itatiaia, 1980.

Música de feitiçaria no Brasil. 2. ed. Belo Horizonte/Brasília: Itatiaia/INL, Fundação Nacional Pró-Memória, 1983.

Os cocos. Preparação, introdução e notas de Oneyda Alvarenga. São Paulo/Brasília: Duas Cidades/INL, Fundação Nacional Pró-Memória, 1984. Edição comemorativa do 90º aniversário de nascimento do Mário de Andrade.

Os cocos. Preparação, introdução e notas de Oneyda Alvarenga. 2. ed. Belo Horizonte: Itatiaia, 2002. (Reconquista do Brasil, 2ª série, vol. 229. Edição comemorativa dos 80 anos da Semana de Arte Moderna.)

De Pauliceia desvairada a café (Poesias completas). São Paulo: Círculo do Livro, 1986.

O banquete. Prefácio de Jorge Coli e Luiz Carlos da Silva Dantas. São Paulo: Duas Cidades, 1989.

Aspectos da música brasileira. Belo Horizonte/Rio de Janeiro: Villa Rica, 1991.

Vida de cantador. Edição crítica de Raimunda de Brito Batista. Rio de Janeiro/Belo Horizonte: Villa Rica, 1993.

O turista aprendiz. Estabelecimento de texto, introdução e notas de Telê Porto Ancona Lopez. Belo Horizonte: Itatiaia, 2002. (Obras de M. Andrade, 20. Edição comemorativa dos 80 anos da Semana de Arte Moderna.)

O empalhador de passarinho. Belo Horizonte: Itatiaia, 2002. (Obras de M. Andrade, 21. (Edição comemorativa dos 80 anos da Semana de Arte Moderna.)

O banquete. São Paulo: Duas Cidades, 1977.

O baile das quatro artes. Belo Horizonte: Itatiaia, 2005.

Balança, Trombeta e Battleship ou o Descobrimento da alma. Edição genética e crítica de Telê Ancona Lopez. São Paulo: Instituto Moreira Salles/Instituto de Estudos Brasileiros, 1994.

Introdução à estética musical. Estabelecimento do texto, introdução e notas de Flávia Toni. São Paulo: Hucitec, 1995.

Dicionário musical brasileiro. Coordenação: Oneyda Alvarenga (1982-84), Flávia Camargo Toni (1984-89). Belo Horizonte/Brasília/São Paulo: Itatiaia/Ministério da Cultura/Instituto de Estudos

Brasileiros, Edusp, 1989. Coleção Reconquista do Brasil, série 2, vol. 162.
Vida literária. São Paulo: Edusp/Hucitec, 1993.

ESPARSOS

"A divina preguiça". São Paulo, 27 de agosto de 1918, in Batista, Marta Rossetti et al. *1º Tempo modernista.* Documentação do Instituto de Estudos Brasileiros.
"Osvaldo de Andrade", in *Brasil: 1º Tempo modernista 1917/29.* Documentaçao. Org. Marta Rossetti Batista et al. São Paulo: Instituto de Estudos Brasileiros, 1973. Publicação original: *Revista do Brasil,* 105. São Paulo, setembro de 1924, pp. 26 32. Reproduzido em Andrade, Oswald de. *Memórias sentimentais de João Miramar.* São Paulo: Globo, 2000, pp. 7-17.
"Oswald de Andrade. Pau Brasil. Sans Pareil, Paris, 1925", inédito transcrito in *Brasil: 1º Tempo modernista 1917/29.* Documentação. Org. de Marta Rossetti Batista et al. São Paulo: Instituto de Estudos Brasileiros, 1973, pp. 225-32. Reproduzido em Andrade, Oswald de. *Pau Brasil.* São Paulo: Globo, 2000.
"A entrada de Macunaíma". Reprodução do primeiro capítulo da rapsódia de Mário de Andrade. In *Revista de Antropofagia.* 1ª e 2ª "dentições". Edição fac-similar com introdução de Augusto de Campos. São Paulo: Abril/Metal Leve, 1974.
"Mestres do passado". Artigos de Mário de Andrade publicados no *Jornal do Commercio* em São Paulo, 1921. Textos reproduzidos por Mário da Silva Brito em *História do modernismo brasileiro I. Antecedentes da Semana de Arte Moderna.* 2. ed. rev. Rio de Janeiro: Civilização Brasileira, 1964, pp. 254-309.

COMPOSIÇÃO MUSICAL

Viola quebrada. Manuscrito (partitura e letra) de Mário de Andrade. Reproduzido por Telê Ancona Lopez em *Uma "autobiografia" de Mário de Andrade.* Fundação Cultural de Curitiba — USP — maio-jun. 1994, p. 12.

CORRESPONDÊNCIA
PUBLICAÇÕES PÓSTUMAS

Cartas a Manuel Bandeira. São Paulo: Edições de Ouro, 1966. Prefácio e notas de Manuel Bandeira.

Correspondência Mário de Andrade & Manuel Bandeira. Organização, introdução e notas: Marcos Antonio de Moraes. São Paulo: Edusp, IEB-USP, 2001. Coleção Correspondência, I.

Cartas a Murilo Miranda. Raúl Antelo (Org.). Rio de Janeiro: Nova Fronteira, 1981.

Cartas de Mário de Andrade a Luís da Câmara Cascudo. Belo Horizonte: Itatiaia, 2000.

Cartas a um jovem escritor — de Mário de Andrade a Fernando Sabino. Rio de Janeiro: Record, 1981.

Cartas de Mário de Andrade a Álvaro Lins. Rio de Janeiro: José Olympio, 1983.

A lição do guru. Cartas a Guilherme Figueiredo (1937-45). Rio de Janeiro: Civilização Brasileira, 1989.

Mário de Andrade escreve cartas a Alceu, Meyer e outros. Ed. preparada por Lygia Fernandes. Rio de Janeiro: Editora do Autor, 1968.

71 cartas de Mário de Andrade. Ed. preparada por Lygia Fernandes. Rio de Janeiro: São José, 1963.

Lição do amigo. Cartas de Mário de Andrade a Carlos Drummond de Andrade. Rio de Janeiro: José Olympio, 1982.

Carlos e Mário. Correspondência completa entre Carlos Drummond de Andrade e Mário de Andrade. Apresentação e notas às cartas de Mário de Andrade: Carlos Drummond de Andrade. Prefácio e notas às cartas de Drummond: Silviano Santiago. Organização e pesquisa iconográfica: Lélia Coelho Frota. Rio de Janeiro: Bem-Te-Vi Produções Literárias, 2002.

Correspondente contumaz. Cartas a Pedro Nava — 1925-1944. Ed. preparada por Fernando da Rocha Peres. Rio de Janeiro: Nova Fronteira, 1982.

Pio & Mário — diálogo da vida inteira. A correspondência entre o fazendeiro Pio Lourenço Corrêa e Mário de Andrade — 1917-45. Traços biográficos — Antonio Candido — introdução — Gilda de Mello e Souza. São Paulo/Rio de Janeiro: Edições Sesc/Ouro sobre Azul, 2008.

"Cartas de Mário de Andrade", in *Mário de Andrade: exílio no Rio.* Moacir Werneck de Castro. Rio de Janeiro: Rocco, 1989.

Correspondência. Mário de Andrade & Tarsila do Amaral. Org.

de Aracy Amaral. São Paulo: Edusp, 1999.
Mário de Andrade: cartas de trabalho (1936-1945). Correspondência de Mário de Andrade com Rodrigo Mello Franco de Andrade. Brasília. SPHAN, Fundação Pró-Memória, 1981.
Cartas a Anita Malfatti. Mário de Andrade (1921-39). Org. de Marta Rossetti Batista. Rio de Janeiro: Forense Universitária, 1989.
Portinari Amico Mio. Cartas de Mário de Andrade a Cândido Portinari. Organização, introdução e notas de Annateresa Fabris. Campinas: Mercado de Letras, 1995.
Pio & Mário — Diálogo da vida inteira. A correspondência entre o fazendeiro Pio Lourenço Correia e Mário de Andrade. 1917-45. Traços biográficos por Antonio Candido. Introdução de Gilda de Mello e Souza. São Paulo/Rio de Janeiro: Edições Sesc/Ouro sobre Azul, 2009.
Cartas. Mário de Andrade e Oneyda Alvarenga. São Paulo: Duas Cidades, 1993.
Lembrança de Mário de Andrade — 7 Cartas. Rubens Borba de Moraes. São Paulo: Diana Mindlin (ed.), 1979.
Cartas a Murilo Miranda. Org. de Raúl Antelo. Rio de Janeiro: Nova Fronteira, 1981.
Mário e o pirotécnico aprendiz. Cartas de Mário de Andrade e Murilo Rubião. Org. Marcos Antonio de Moraes. Apresentação de Eneida Maria de Souza. Belo Horizonte/São Paulo: UFMG, IEB: Giordano, 1995.
Mário, Otávio. Cartas de Mário de Andrade a Otávio Dias Leite (1936-1944). Organização, introdução e notas: Marcos Antonio de Moraes. São Paulo: IEB/Imprensa Oficial.
Mário de Andrade e(m) Campos dos Goitacazes. Cartas de Mário a Alberto Lamego 1935-38. Niterói: Eduff, 1992.
Mário de Andrade por ele mesmo. Paulo Duarte. São Paulo: Edart, 1971.

CD

Catálogo da série *Correspondência de Mário de Andrade.* Coordenação e preparo: Marcos Antonio de Moraes, Tatiana Longo dos Santos, Telê Ancona Lopez. São Paulo: Instituto de Estudos Brasileiros — USP.

TRADUÇÕES

An introduction to Modern Brazilian Poetry. Trad. de Leonard S. Downes. São Paulo: Clube de Poesia do Brasil, 1954.

El paulista de la calle Florida. [Vários escritos de Mário de Andrade]. Edição organizada e traduzida por Raúl Antelo. Buenos Aires: Centro de Estudios Brasileños, 1979.

Fraulein. Trad. Margaret Richardson Hollingworth. Nova York: Macaulay, 1933.

Macunaíma. Trad. Pál Ferenc. Budapeste: Magvetö Kiadó, 1983.

Macunaíma: the hero who had no Character. Trad. de Margaret Richardson Hollingworth. [inédito]

Macunaíma. E. A. Goodland. Nova York: Random House, 1984.

Macunaíma der Held onhe jeden Carakter. Kurt Meyer-Clason. Frankfurt am Mein: Suhrkamp Verlag, 1982.

L'eroe senza nessun carattere. Giuliana Segri Giorgi. Milão: Adelphi, 1970.

El héroe sin ningún caracter. Hector Olea. Barcelona--Caracas-México: Seix Barral, 1977. Tradução reproduzida na íntegra em Andrade, Mário de. Novela, cuento, ensayo, epistolario. Edição anotada com ensaio de Gilda de Mello e Souza. Caracas: Biblioteca Ayacucho, 1979.

La música e la canción populares en el Brasil. Alarcón Fernandez. Rio de Janeiro: Imp. Nacional, Ministério das Relações Exteriores, Divisão de Cooperação Internacional, 1942.

Música del Brasil. Trad. de Delia Bernabó. Buenos Aires, 1944.

Obra escogida. Mário de Andrade — novela, cuento, ensayo, epistolario. Edição anotada com ensaio de Gilda de Mello e Souza. Caracas: Biblioteca Ayacucho, 1979.

Telscher, Ignez. Tradução de poemas de *Clã do Jabuti*, in *Von der Brasilianischen Seele*. Rio de Janeiro: Deutsche Zeitung, 1938.

Thériot, Jacques. *Macunaïma ou le héros sans aucun caractere*. Paris: Flammarion, 1979. Trad. fr.

Tomlins, Jack. *Hallucinated city*. A bilingual edition. Vanderbilt University Press, 1968.

Música del Brasil. Trad. castelhana de Della Bernabó. Buenos Aires: Shapire, 1944.

"Nizia Figueira pour vous servir", in *Les 20 meilleurs*

nouvelles de l'Amérique Latine. Paris: Seghers, 1958.

FILMES

Lição de amor, 1975. Direção de Eduardo Escorel, com Lilian Lemmertz no papel de *Fräulein*. Baseado em *Amar, verbo intransitivo.*

Macunaíma, 1969. Direção de Joaquim Pedro de Andrade, com Grande Otelo e Paulo José no papel principal.

TEATRO

Macunaíma. Direção de Antunes Filho, 1978.

Grupo cooperativado: Companhia Paulista de Teatro, depois grupo Macunaíma.

ANTOLOGIAS

Os melhores poemas de Mário de Andrade. Seleção e introdução por Gilda de Mello e Souza. São Paulo: Global, 1988.

Obra escogida. Mário de Andrade — novela, cuento, ensayo, epistolario. Edição anotada com ensaio de Gilda de Mello e Souza. Caracas: Biblioteca Ayacucho, 1979.

Mário de Andrade. Coleção Nossos Clássicos. Apresentação de Cavalcanti Proença. Rio de Janeiro: Agir, 1967.

El paulista de la calle Florida. Org. de Raúl Antelo. Buenos Aires: Centro de Estudios Brasileños, 1979.

Brasil, 1º Tempo modernista — 1917/29 — Documentação. Org. de Marta Rossetti Batista, Telê Ancona Lopez, Yone Soares de Lima. IEB-USP, s/d.

ENTREVISTAS

Andrade, Mário de. *Entrevistas e depoimentos* (de 1924 a 1944). Org. de Telê Ancona Lopez. São Paulo: T. A. Queiroz, 1983.

Sobre Mário: Entrevista de Rubens Borba de Moraes, concedida a José Augusto Guerra. "Não eram só literatos os jovens de 22", in *Cultura.* Revista trimestral, ano 2, n. 5, jan.-mar., Brasília: MEC, 1972, p. 21.

FORTUNA CRÍTICA

LIVROS

Alvarenga, Oneyda. *Mário de Andrade, um pouco.* Rio de Janeiro: José Olympio, 1974.

Antelo, Raúl. *Na ilha de Marapatá.* São Paulo: Hucitec, 1986.

______. *El paulista de la calle Florida.* Edición organizada y traducida por Raúl Antelo. Buenos Aires: Centro de Estudios Brasileños, 1979.

______. *Literatura em revista.* São Paulo: Ática, 1984.

Batista, Marta Rossetti. *Coleção Mário de Andrade. Religião e magia/Música e dança/Cotidiano.* São Paulo: Edusp/IEB-USP/Imprensa Oficial, 2004.

Campos, Haroldo de. *Morfologia do Macunaíma.* São Paulo: Perspectiva, 1972.

Castro, Moacir Werneck de. *Mário de Andrade: exílio no Rio.* Rio de Janeiro: Rocco, 1989.

Chamie, Mário. *Intertexto: a escrita rapsódica.* São Paulo: Práxis, 1977.

Coli, Jorge. *Música final: Mário de Andrade e sua coluna jornalística.* Campinas: Editora da Unicamp, 1998.

Dassin, Joan. *Política e poesia em Mário de Andrade.* São Paulo: Duas Cidades, 1978.

Duarte, Paulo. *Mário de Andrade por ele mesmo.* São Paulo: Hucitec/Prefeitura do Município de São Paulo, 1985.

Feres, Nites Therezinha. *Leituras em francês de Mário de Andrade.* São Paulo. IEB-USP, 1969.

Figueiredo, Priscila. *Em busca do específico: leitura de* Amar, verbo intransitivo *de Mário de Andrade.* São Paulo: Nankin, 2001.

Grembecki, Maria Helena. *Mário de Andrade e L'Esprit nouveau.* São Paulo: IEB-USP, 1969.

Hollanda, Heloísa Buarque de. *Macunaíma: da literatura ao cinema.* Rio de Janeiro: José Olympio, Embrafilme, 1978.

Ivo, Lêdo. *Lição de Mário de Andrade.* Rio de Janeiro: Departamento de Imprensa Nacional, 1952.

Jaffe, Noemi. *Macunaíma.* Coleção Folha Explica. São Paulo: Publifolha, 2001.

Knoll, Victor. *Paciente arlequinada: uma leitura da obra poética de Mário de Andrade.* São Paulo: Hucitec, 1983.

Kossovtchi, Elisa Angotti. *Mário de Andrade, plural.* Campinas: Editora da Unicamp, 1990.

Lafetá, João Luiz. *Figuração da intimidade.* Imagens na poesia de Mário de Andrade. São Paulo: Martins Fontes, 1986.

Lima, Luís da Costa. *Lira e antilira* (Mário, Drummond, Cabral). Rio de Janeiro: Civilização Brasileira, 1968.

Lopez, Telê Ancona. *Mário de Andrade: ramais e caminho.* São Paulo: Duas Cidades, 1972.

______. *Macunaíma: a margem e o texto.* São Paulo: Hucitec, 1974.

______. *Uma "autobiografia" de*

Mário de Andrade. Fundação Cultural de Curitiba — USP — maio-jun. 1994.
Micelli, Sergio. *Intelectuais à brasileira*. São Paulo: Companhia das Letras, 2008.
Monegal, Emir R. *Mário de Andrade — Borges*. São Paulo: Perspectiva, 1978.
Moraes, Marcos Antonio de. "Meu pobre Zé Antonio" — Mário de Andrade e o jovem crítico musical José Antonio Ferreira Prestes. In *D.O. Leitura*. Imprensa Oficial do Estado de São Paulo, 11 nov. 2002, pp. 36-43.
______. "124 erros de revisão" (Mário de Andrade, a propósito da reedição dos contos de *Belazarte*), in *Literatura e Sociedade* 12 — Teoria crítica Antonio Candido. (Org. de Maria Augusta Fonseca). Revista do Departamento de Teoria Literária e Literatura Comparada, FFLCH-USP, 2009-2, pp. 224-38.
Moraes, Rubens Borba de. *Lembranças de Mário de Andrade. 7 cartas*. São Paulo: ed. particular, 1979.
Perrone-Moisés, Leyla. *Vira e mexe, nacionalismo*. São Paulo: Companhia das Letras, 2007.
Pinto, Edith Pimentel. *A gramatiquinha de Mário de Andrade — Texto e contexto*. São Paulo: Duas Cidades, 1990.
Proença, Manuel Cavalcanti. *Roteiro de Macunaíma*. (1955) Rio de Janeiro: Civilização Brasileira, 1978.
Rabello, Ivone Daré. *A caminho do encontro: uma leitura de* Contos novos. São Paulo: Ateliê, 1999.
Souza, Eneida Maria de. *A pedra mágica do discurso*. Belo Horizonte: UFMG, 1999.
______ e Schmidt, Paulo. *Mário de Andrade: carta aos mineiros*. Belo Horizonte: Editora da UFMG, 1998.
Souza, Gilda de Mello e. *O tupi e o alaúde*. São Paulo: Duas Cidades, 1979. *O tupi e o alaúde*. 2. ed. rev. São Paulo: Duas Cidades/ Editora 34, 2003.
Russeff, Ivan. *Educação e cultura na obra de Mário de Andrade*. Campo Grande (MS). Editora UCDB, 2001.
Wisnik, José Miguel. *O coro dos contrários: a música em torno da Semana de 22*. São Paulo: Duas Cidades, 1977.

ENSAIOS

Antelo, Raúl. "Macunaíma: apropriação e originalidade", in *Macunaíma: o herói sem nenhum caráter*. Edição crítica de Telê Ancona Lopez. Paris/São Paulo: Archivos/Unesco/CNPq, 1988, pp. 255-65.

______. "Distanciamientos y aproximaciones", in *El paulista de la calle Florida*. Buenos Aires: Centro de Estudios Brasileños, 1979, pp. 11-37.

______. "*Macunaíma* e a ficção de fronteira", in *Arca: Revista Literária Anual*, n. 1. Porto Alegre: Paraula, 1993, pp. 19-30.

______. "Mário", in *Literatura em revista*. São Paulo: Ática, 1985, pp. 175-88.

Arrigucci Jr., Davi. "O que se oculta mais fundo", in *Folha de S.Paulo*. Caderno *Mais!* Domingo, 28 ago. 1994.

Bandeira, Manuel. *Apresentação da poesia brasileira*. Rio de Janeiro: Livraria Editora Casa do Estudante do Brasil, 1954.

______. "Mário de Andrade", in *Crônicas da Província do Brasil*. Rio de Janeiro: Civilização Brasileira, 1937

______. "Mário de Andrade e a questão da língua", in *De poetas e poesia*. Rio de Janeiro: Cadernos de Cultura, Ministério da Educação e Saúde, 1954.

Berriel, Carlos Eduardo. "A Uiara enganosa", in *Mário de Andrade/Hoje*. Org. de C. E. Berriel. São Paulo: Ensaio, 1990.

______. (Org.). *Mário de Andrade hoje*. São Paulo: Ensaio, 1990.

Bolle, Willi. "A cidade sem nenhum caráter: leitura de *Pauliceia desvairada* de Mário de Andrade", in *Revista Espaço & Debates*, n. 27. São Paulo: Annablume, 1989.

Bosi, Alfredo. "Situação de Macunaíma", in *Macunaíma: o herói sem nenhum caráter*. Edição crítica de Telê Ancona Lopez. Paris/São Paulo: Archivos/Unesco/CNPq, 1988. Texto republicado em *Céu, inferno*. São Paulo: Duas Cidades/Editora 34, 2003.

______. "O movimento modernista de Mário de Andrade", in revista *Literatura e Sociedade* 7 (modernismo). Org. de Maria Augusta Fonseca. DTLLC-FFLCH-USP, 2003-04, pp. 296-301.

Brito, Mário da Silva. "Modernismo", in *A literatura no Brasil*, vol. V. Rio de Janeiro: Editorial Sul-Americana, 1970. Direção de Afrânio Coutinho.

Candido, Antonio. "Lembranças de Mário de Andrade", in *O observador literário*. São

Paulo: Conselho Estadual de Cultura, 1959.

______. "Mário e o concurso", in *Recortes*. Rio de Janeiro: Ouro sobre Azul, 2004, pp. 261-5.

______. "O poeta itinerante", in *O discurso e a cidade*. São Paulo/Rio de Janeiro: Duas Cidades/Ouro sobre Azul, 2004.

______. "Mário de Andrade e o velho Pio", in *O albatroz e o chinês*. Rio de Janeiro: Ouro sobre Azul, 2004, pp. 119-22.

Campos, Haroldo. "Mário de Andrade: a imaginação estrutural", in *Revista da Biblioteca Mário de Andrade*, n. 51. Edição comemorativa do centenário de nascimento de Mário de Andrade. São Paulo, 1993, pp. 113-9.

Cendrars, Blaise. *Etc. Etc. um livro 100% brasileiro*. São Paulo: Perspectiva, 1976.

Coli, Jorge e Dantas, Luiz Carlos da Silva. "Sobre *O banquete*" (introdução). In Andrade, Mário de. *O banquete*. São Paulo: Duas Cidades, 1977, pp. 11-40.

Costa, Iná Camargo. "Mário de Andrade e o Primeiro de maio de 35", in *Trans/Form/Ação* — Revista de Filosofia, 18. São Paulo: Unesp, 1995. Reproduzido em *Ficções: leitores e leituras*. (Org. de Viviana Bosi et al.). São Paulo: Ateliê, 1998, pp. 129-49.

Cruz, Aloysio Álvarez. In *Arca: Revista Literária Anual*, n. 1. Porto Alegre: Paraula, 1993, pp. 11-6.

Dantas, Vinicius. "Entre 'A negra' e a Mata Virgem". Revista *Novos Estudos Cebrap*, 45. São Paulo, 1996, pp. 100-16.

Etienne Filho, João. "Poeta completo" (orelha), in *Poesias completas* de Mário de Andrade. São Paulo/Belo Horizonte: Martins/Itatiaia, 1980.

Eulalio, Alexandre. *A aventura brasileira de Blaise Cendrars*. São Paulo/Brasília. Edições Quíron/INL, 1978.

______. *A aventura brasileira de Blaise Cendrars*. 2. ed. rev. e ampl. por Carlos Augusto Calil. São Paulo: Imprensa Oficial/Edusp, 2001.

Fernandes, Florestan. "Mário de Andrade e o folclore brasileiro", in *O folclore em questão*. São Paulo: Hucitec, 1989.

Fonseca, Maria Augusta. "No ponteio da violinha", in *Moderno de nascença*. Org. de Benjamin Abdalla e Salete Almeida Cara. São Paulo: Boitempo, 2006, pp. 103-19.

______. "Tradição e invenção em *Macunaíma* de Mário de Andrade", in *Literatura e cultura no Brasil: identidades e fronteiras*. Org. de Ligia Chiappini e M. Stella Bresciano. Brasil/Berlim: Cortez/Ibero-Americanisches Institut, 2002, pp. 125-35.

______. "Macunaíma e variantes do canto Mandu Sarará", in *O poema: leitores e leituras*. (Org. de Viviana Bosi et al.). São Paulo: Ateliê, 2001, pp. 77-103.

______. "*Macunaíma* arlequinal: ladino/latino", in *Revista Colóquio*/Letras, n. 149-150. Portugal: Fundação Calouste-Gulbenkian, jul.-dez., 1998.

______. "Macunaíma, Horácio e Virgílio". *Revista do Instituto de Estudos Brasileiros*, n. 36, São Paulo: IEB-USP, 1994, pp. 67-79.

______. "Exílio e paraíso: a carta de Macunaíma", in *Arca: Revista Literária Anual*, n. 1. Porto Alegre: Paraula, 1993, pp. 31-7.

______. "A carta pras icamiabas", in *Macunaíma: o herói sem nenhum caráter*. Edição crítica de Telê Ancona Lopez. Paris/São Paulo: Archivos/Unesco/CNPq, 1988, pp. 278-94.

Lopez, Telê Ancona. "Um idílio no modernismo", in *O amar de Mário de Andrade*. (Vários autores). Org. de Roberto Sagawa. Assis: FCL Publicações, 2010, pp. 11-25.

______. "Rapsódia e resistência", in *Macunaíma o herói sem nenhum caráter*. Edição crítica de Telê Ancona Lopez. Paris/São Paulo: Archivos/Unesco/CNPq, 1988, pp. 266-77.

______. "Mário de Andrade cronista do modernismo — 1920-1921", in revista *Literatura e Sociedade* 7 (modernismo). Org. de Maria Augusta Fonseca. DTLLC-FFLCH-USP, 2003-04, pp. 266-94.

______. "Riqueza de pobre", in Schwarz, Roberto (Org.). *Os pobres na literatura brasileira*. São Paulo: Brasiliense, 1987, pp. 123-8.

______. "Cronologia geral da obra de Mário de Andrade", in *Revista do IEB*, n. 7. São Paulo: IEB-USP, 1969, pp. 139-72.

______. "Introdução e notas", in *Táxi e crônicas no Diário Nacional*. São Paulo: Duas Cidades, 1976.

______. "Introdução e notas", in *O turista aprendiz*. São Paulo: Duas Cidades, 1976.

______. "Um romance inacabado" (orelha), in Andrade, Mário de. *Quatro pessoas.* Belo Horizonte: Itatiaia, 1985.

Jackson, K. David. "The satin nude: criticism and lyricism in the poetry of Mário de Andrade." Proceedings, NCFL, April 19-21, 1979, pp. 109-11.

Lafetá, João Luiz. *1930: A crítica e o modernismo.* São Paulo: Duas Cidades, 1974.

Merquior, José Guilherme. "Macunaíma sem ufanismo", in *As ideias e as formas.* Rio de Janeiro: Nova Fronteira, 1981.

Moraes, Marcos Antonio de. "Afinidades eletivas", in *Correspondência. Mário de Andrade & Manuel Bandeira.* Org. de Marcos Antonio de Moraes. São Paulo: Edusp, 2000, pp. 13-33.

______. "A escrava que se conta", in *A escrava que não é Isaura.* Rio de Janeiro: Nova Fronteira, 2010, pp. 125-51.

Olmos, Ana Cecília. "Mário de Andrade e Lezama Lima — as perspectivas estéticas da modernidade", in *Arca: Revista Literária Anual,* n. 1. Porto Alegre: Paraula, 1993, pp. 77-83.

Pasta Jr., José Antonio. "Tristes estrelas da Ursa: Macunaíma". *Cadernos Porto & Vírgula,* n. 4. Porto Alegre: Secretaria Municipal de Cultura, 1993.

Rabelo, Ivone Daré. "Histórias de um Mário pouco celebrado", in *Revista da Biblioteca Mário de Andrade,* n. 51. Edição comemorativa do centenário de nascimento de Mário de Andrade. São Paulo: 1993, pp. 89-97.

Ribeiro, Darcy. "Liminar: Macunaíma", in *Macunaíma: o herói sem nenhum caráter.* Edição crítica de Telê Ancona Lopez. Paris/São Paulo: Archivos/Unesco/CNPq, 1988, pp. XVII-XXIV.

Rosenfeld, Anatol. "Mário e o cabotinismo", in *Texto/contexto.* São Paulo: Perspectiva, 1996.

______. "Mário de Andrade", in *Letras e leituras.* São Paulo: Edusp/Ed. da Unicamp/Perspectiva, 1994.

Santiago, Silviano. "A trajetória de um livro", in *Macunaíma: o herói sem nenhum caráter.* Edição crítica de Telê Ancona Lopez. Paris/São Paulo: Archivos/Unesco/CNPq, 1988, pp. 182-93.

Sevcenko, Nicolau. "*Dérive* poética e objeção cultural: da boêmia parisiense a Mário de Andrade", in revista *Literatura e Sociedade* 7 (modernismo). Org. de Maria Augusta Fonseca. DTLLC-FFLCH-USP, 2003-04, pp. 16-34.

Soffiatti, Arthur. Introdução: "Explicação interessantinha" e "Uma viagem desconhecida", in *Mário de Andrade e(m) Campos dos Goitacazes*. Cartas de Mário a Alberto Lamego 1935-38. Niterói: Eduff, 1992, pp. 15-44.

Souza, Eneida Maria de. "A pedra mágica do discurso", in *Macunaíma: o herói sem nenhum caráter*. Edição crítica de Telê Ancona Lopez. Paris/São Paulo: Archivos/Unesco/CNPq, 1988, pp. 295-308.

Souza, Gilda de Mello e. "Sobre *O banquete*", in *A ideia e o figurado*. São Paulo: Duas Cidades/Editora 34, 2005, pp. 9-11.

______. "O professor de música", in Op. cit., pp. 13-26.

______. "A poesia de Mário de Andrade", in Op. cit., pp. 27-36.

______. "O mestre de Apipucos e o turista aprendiz", in Op. cit., pp. 49-70.

______. "O colecionador e a coleção", in Op. cit., pp. 37-47, e *Catálogo* IEB.

______. Idem. "O banquete" (Entrevista), in *Exercícios de leitura*. São Paulo: Duas Cidades, 1980, pp. 34-44.

______. "O avô presidente", in Op. cit., pp. 93-106.

______. "O arcaico e o moderno: história de uma amizade", in *Pio & Mário, diálogo da vida inteira*. São Paulo/Rio de Janeiro: Edições Sesc /Ouro sobre Azul, 2009, pp. 15-31.

Schwarz, Roberto. "O psicologismo na poética de Mário de Andrade" — ensaios críticos, in *A sereia e o desconfiado*. Rio de Janeiro: Civilização Brasileira, 1965, pp. 1-11.

ANTOLOGIAS

Antelo, Raúl. *El paulista de la calle Florida*. Edição organizada e traduzida por Raúl Antelo. Buenos Aires: Centro de Estudios Brasileños, 1979.

Bosi, Alfredo. *História concisa da literatura brasileira*. São Paulo: Cultrix, 1970.

Brito, Mário da Silva. *História do modernismo brasileiro 1. Antecedentes da Semana de Arte Moderna*. 2. ed. rev. Rio de Janeiro: Civilização Brasileira, 1964

Candido, Antonio e Castello, José Aderaldo. *Presença da literatura brasileira*.

São Paulo: Difusão Europeia do Livro, 1974.

Proença, M. Cavalcanti. *Mário de Andrade.* Rio de Janeiro: Agir, 1967. Coleção Nossos Clássicos.

Schwartz, Jorge. "Prefácio interessantíssimo" e "A escrava que não é Isaura", in *Vanguardas latino-americanas — Polêmicas, manifestos e textos críticos.* São Paulo: Iluminuras/Edusp, 1995, pp. 122-34.

Souza, Gilda de Mello e. *Obra escogida.* Mário de Andrade — novela, cuento, ensayo, epistolario. Edição anotada com ensaio de Gilda de Mello e Souza. Caracas: Biblioteca Ayacucho, 1979.

Telles, Gilberto Mendonça. "A poética de Mário de Andrade", in *Vanguarda europeia e modernismo brasileiro.* Apresentação e crítica dos principais manifestos vanguardistas. Rio de Janeiro: Record, 1987, pp. 297-310.

CADERNOS E REVISTAS

Cadernos de Pesquisa. Vários autores. *Cartas a Mário.* 1ª parte e 2ª parte. (Org. de Eneida Maria de Souza). Belo Horizonte: UFMG, novembro 1993 (2 vols.).

Cultura. Revista trimestral, ano 2, n. 5, jan.-mar., Brasília: MEC, 1972.

Revista da Biblioteca Mário de Andrade, n. 51. Edição comemorativa do centenário de nascimento de Mário de Andrade. São Paulo, 1993.

Arca: Revista Literária Anual, n. 1. Edição comemorativa do centenário de Mário de Andrade. Porto Alegre: Paraula, 1993.

Revista do Instituto de Estudos Brasileiros, n. 36. Número dedicado a Mário de Andrade. São Paulo: IEB-USP, 1994.

D. O. Leitura. "Mário de Andrade". São Paulo: Imprensa Oficial do Estado, 10 out. 2003.

TESES E DISSERTAÇÕES

Ávila, Edmar de Assis Campelo. *Entre cartas e versões: o "artefazer" de Amar, verbo intransitivo.* Dissertação de Mestrado, FFLCH/USP. São Paulo, 2011.

Carvalho, Sérgio de. *O drama impossível: teatro modernista de Antônio de Alcântara Machado, Oswald de Andrade* e *Mário de Andrade.* Tese de Doutoramento, FFLCH-USP, São Paulo, 2003.

Figueiredo, Tatiana Longo dos Santos. *Café — O trajeto da criação de um romance inacabado de Mário de Andrade*. 3 vols. Tese de Doutoramento, FFLCH/USP. São Paulo, 2009.

Fragelli, Pedro Coelho. *A paixão segundo Mário de Andrade*. Tese de doutoramento, FFLCH-USP. São Paulo, 2010.

Major Neto, José Emílio. *A Lira paulistana de Mário de Andrade: a insuficiência fatal do outro*. Tese de doutoramento, FFLCH-USP. São Paulo, 2006.

Pádua, Vilani Maria de. *Mário de Andrade e a estética do bumba meu boi*. Tese de Doutoramento, FFLCH/USP. São Paulo, 2010.

Pasta Jr., José Antônio. "Tristes estrelas da Ursa — *Macunaíma*", in *Formação supressiva. Constantes estruturais do romance brasileiro*. Tese de Livre-Docência, FFLCH/USP. São Paulo, 2011.

Ramos Jr., José de Paula. *A fortuna crítica de Macunaíma: primeira onda (1928-1936)*. Tese de Doutoramento, FFLCH/ USP. Sao Paulo, 2006.

Wisnik, José Miguel. *Dança dramática* (poesia/música brasileira). Tese de Doutoramento, FFLCH/USP. São Paulo, 1979.

AUTORES QUE O INFLUENCIARAM

No que diz respeito a títulos (e autores) que o influenciaram, seria melhor dizer que Mário de Andrade buscou inspiração em muitos artistas e achou seu próprio caminho. Foi leitor da literatura greco-latina, de Camões, Bocage, Gôngora, Cervantes, Shakespeare, para ficar nesses nomes que encabeçam longa lista. Passa da lírica trovadoresca aos cronistas; dos escritores nacionais e latino-americanos aos norte-americanos. Filosofia, história, antropologia, psicologia, música estão entre seus múltiplos interesses. Mário encontra lições na obra de Sigmund Freud e em Gustave Khan (simbolista), reflexões sobre poesia, música, harmonia. De Capistrano de Abreu, Couto de Magalhães a Koch Grunberg, a biblioteca é vasta e as leituras metódicas, quase sempre com anotações à margem. Nos seus escritos dialoga com Charles Baudelaire, Edgar Allan Poe, Paul Claudel, Paul Verlaine, Henri Bergson, Théodule Ribot, Jules Romains, Jean Cocteau, Gonçalves Dias, Álvares de Azevedo. Nessa lista inclui-se o poeta de *Cidades tentaculares,* o suíço Émile Verhaeren. E ainda outros, como Paul Dermée, Guillaume Apollinaire, Arthur Rimbaud.

Em carta ao crítico Álvaro Lins (São Paulo, 17 de maio de 1944), Mário de Andrade comenta: "Romain Rolland não foi meu mestre de vida, mas foi meu mestre como consciência de escritor. O que sempre de alguma forma qualifica a vida também".[160]

160 Aproveito esta nota para manifestar minha gratidão ao prof. Antonio Candido, que, além de permitir o acesso à leitura do texto, generosamente autorizou a publicação na presente obra deste importante escrito documentado por Mário de Andrade.

No tocante à dupla Mário de Andrade e Manuel Bandeira, pode-se dizer que houve intercâmbio recíproco. Mário da Silva Brito ressalta em estudo sobre o modernismo que "A lenda do céu" parece ter influenciado "Vou-me embora pra Pasárgada" e que o "Rondó para você" aproxima-se do poema "Caminho triste", de Bandeira. Isso sem dizer da interlocução indireta com Oswald de Andrade. A presença de Machado de Assis também é marcante em seu repertório. Em 1939, num estudo denominado "Machado de Assis", Mário de Andrade declarou que, apesar de o escritor ser para ele um homem que o desagradava, foi uma "genial figura de Mestre". E acrescentou que Machado "produziu uma obra do mais alto valor artístico, prazer estético de magnífica intensidade que me apaixona e que cultuo sem cessar".[161]

AUTORES QUE INFLUENCIOU

É difícil falar em influência quando os autores são grandes e a impregnação é complexa. Nesse particular, deparamos ainda com interesses em obras diferentes, em conceituações específicas, em posturas críticas. Nesse delicado entendimento de assimilações e trocas, Mário de Andrade sem dúvida preparou terreno para as gerações que o sucederam. São interlocuções, em diferentes níveis e postulações. Na verdade, eles seriam devedores em amplo sentido (cultural e nos usos da língua) de postulações da geração modernista, de que Mário foi figura de

161 *Carta de Mário de Andrade a Álvaro Lins.* Estudos de Álvaro Lins; apresentação de Ivan de Cavalcanti Proença; comentários de José Cesar Borba e Marco Morel. Rio de Janeiro: José Olympio, 1983, p. 109.

proa. Feitas as ressalvas, podemos citar escritores como João Guimarães Rosa, poetas como Carlos Drummond de Andrade, Francisco Alvim e Cacaso; críticos como Gilda de Mello e Souza, Telê Ancona Lopez, Oneyda Alvarenga, Luiz Felipe Alencastro, Antonio Candido e outros da geração da revista *Clima*.

Estudos sobre a música e a cultura popular, o cinema e o teatro mostram que a obra de Mário de Andrade continua viva.

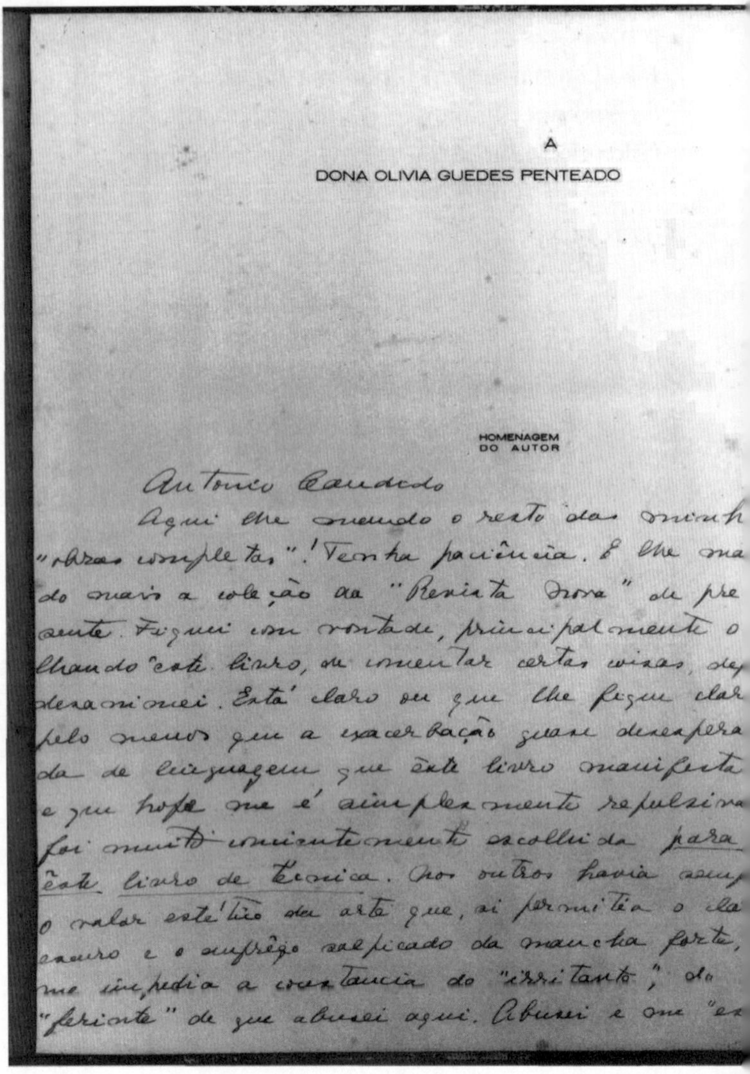

A
DONA OLIVIA GUEDES PENTEADO

HOMENAGEM
DO AUTOR

Antonio Candido
Aqui lhe mando o resto das minh
"obras completas"! Tenha paciência. E lhe man
do mais a coleção da "Revista Nova" de pre
sente. Fiquei com vontade, principalmente o
chamado "este livro, de comentar certas coisas, des
desanimei. Está claro ou que lhe fique clar
pelo menos que a exacerbação quase desespera
da de linguagem que êste livro manifesta
e que hoje me é simplesmente repulsiva
foi muito conscientemente escolhida para
êste livro de técnica. Nos outros havia semp
o valor estético da arte que, si permitia o cla
escuro e o afrêsco salpicado da mancha forte,
me impedia a constancia do "irritante", do
"feriente" de que abusei aqui. Abusei e me "ex

Erudolei" à larga, atingindo o carnavalesco
por excesso de saber. Coisa externa, voluntária.
Não pense porém que por me desgostar terri-
velmente com a linguagem dêste livro, a
ponto de me ser impossível ler e aguentar
um só capítulo dêle hoje, eu repudio êle. Não
repudio coisíssima nenhuma. Porém, hoje,
eu sei que êste livro foi uma consequência
apressada de... sim: de medo! Mesmo teori-
camente, pois si as idéias gerais eu ainda
imagino boas e justas, sei que estão mal
baseadas. Mas foi medo tudo. Você sabe: diz-
em que a sentinela da-noite, guardando,
às vezes é tomada de medo e dá um tiro.
Foi o que eu fiz. Os meus problemas de
linguagem e de técnica musical brasileira
me assustaram tanto que dei o tiro. Este
tiro. Que os problemas me assustassem,
nada mais justo. Que me assombrassem,
a consequência era lógica. Mas o medo
deve ser uma fragilidade. Pelo menos o
medo que deu um tiro improvável na noite.
É o que me desagrada.

Mário de Andrade

S. Paulo, 17/I/43

ESTE LIVRO FOI COMPOSTO
NAS FONTES PERPETUA
E NEWS GOTHIC E IMPRESSO
EM PAPEL PÓLEN SOFT
80G NA IMPRENSA DA FÉ,
EM SETEMBRO DE 2013